国际大奖小说
美国儿童图书馆推荐读物

骑行梦想家

THE ADVENTURES OF A GIRL CALLED
BICYCLE

[美]克里斯蒂娜·尤斯 / 著
薛 玮 / 译

天津出版传媒集团
新蕾出版社

图书在版编目（CIP）数据

骑行梦想家 /（美）克里斯蒂娜·尤斯著；薛玮译.
天津：新蕾出版社，2025.1.——（国际大奖小说）.
ISBN 978-7-5307-7897-5

Ⅰ．I712.84
中国国家版本馆 CIP 数据核字第 2024BQ7850 号

THE ADVENTURES OF A GIRL CALLED BICYCLE by CHRISTINA USS
Copyright: ©2018 BY CHRISTINA USS
This edition arranged with HOLIDAY HOUSE PUBLISHING, INC.
through BIG APPLE AGENCY, INC., LABUAN, MALAYSIA.
Simplified Chinese edition copyright:
2025 New Buds Publishing House (Tianjin) Limited Company
All rights reserved.

津图登字：02-2021-102

书　　名	骑行梦想家　QI XING MENGXIANG JIA
出版发行	天津出版传媒集团 新蕾出版社 http://www.newbuds.com.cn
地　　址	天津市和平区西康路 35 号（300051）
出 版 人	马玉秀
电　　话	总编办（022）23332422 发行部（022）23332351　23332677
传　　真	（022）23332422
经　　销	全国新华书店
印　　刷	天津新华印务有限公司
开　　本	880mm×1230mm　1/32
字　　数	150 千字
印　　张	9
版　　次	2025 年 1 月第 1 版　2025 年 1 月第 1 次印刷
定　　价	32.00 元

著作权所有，请勿擅用本书制作各类出版物，违者必究。
如发现印、装质量问题，影响阅读，请与本社发行部联系调换。
地址：天津市和平区西康路 35 号
电话：（022）23332351　邮编：300051

一辈子的书

◎ 梅子涵

◆亲近文学◆

　　一个希望优秀的人，是应该亲近文学的。亲近文学的方式当然就是阅读。阅读那些经典和杰作，在故事和语言间得到和世俗不一样的气息，优雅的心情和感觉在这同时也就滋生出来；还有很多的智慧和见解，是你在受教育的课堂上和别的书里难以如此生动和有趣地看见的。慢慢地，慢慢地，这阅读就使你有了格调，有了不平庸的眼睛。其实谁不知道，十有八九你是不可能成为一个文学家的，而是当了电脑工程师、建筑设计师……可是亲近文学怎么就是为了要成为文学家，成为一个写小说的人呢？文学是抚摸所有人的灵魂的，如果真有一种叫作"灵魂"的东西的话。文学是这样的一盏灯，只要你亲近过它，那么不管你是在怎样的境遇里，每天从事怎样的职业和怎样地操持，是设计房子还是打制家具，它都会无声无息地照亮你，使你可能为一个城市、一个家庭的房间又添置了经典,添置了可以供世代的人去欣赏和享受的美,而不是才过了几年,人们已经在说,哎哟,好难看哟!

谁会不想要这样的一盏灯呢?

◆ **阅读优秀** ◆

文学是很丰富的,各种各样。但是它又的确分成优秀和平庸。我们哪怕可以活上三百岁,有很充裕的时间,还是有理由只阅读优秀的,而拒绝平庸的。所以一代一代年长的人总是劝说年轻的人:"阅读经典!"这是他们的前人告诉他们的,他们也有了深切的体会,所以再来告诉他们的后代。

这是人类的生命关怀。

美国诗人惠特曼有一首诗:《有一个孩子向前走去》。诗里说:

> 有一个孩子每天向前走去,
> 他看见最初的东西,他就变成那东西,
> 那东西就变成了他的一部分……

如果是早开的紫丁香,那么它会变成这个孩子的一部分;如果是杂乱的野草,那么它也会变成这个孩子的一部分。

我们都想看见一个孩子一步步地走进经典里去,走进优秀。

优秀和经典的书,不是只有那些很久年代以前的才是,只是安徒生，只是托尔斯泰，只是鲁迅；当代也有不少。只不过是我们不知道，所以没有告诉你；你的父母不知道，所以没有告诉你；你的老师可能也不知道，所以也没有告诉你。我们都已经看见了这种"不知道"所造成的阅读的稀少了。我们很焦急，所以我们总是非常热心地对你们说，它们在哪里，是什么书名，在哪儿可以买到。我就好想为你们开一张大书单，可以供你们去寻找、得到。像英国作家斯蒂文生写的那个李利一样，每天快要天黑的时候，他就拿着提灯和梯子走过来，在每一家的门口，把街灯点亮。我们也想当一个点灯的人，让你们在光亮中可以看见，看见那一本本被奇特地写出来的书，夜晚梦见里面的故事，白天的时候也必然想起和流连。一个孩子一天天地向前走去，长大了，很有知识，很有技能，还善良和有诗意，语言斯文……

　　同样是长大，那会多么不一样！

◆ 自己的书 ◆

　　优秀的文学书，也有不同。有很多是写给成年人的，也有专门写给孩子和青少年的。专门为孩子和青少年写文学书，不是从古就有的，而是历史不长。可是已经写出来的足以称得上琳琅和灿烂了。它可以算作是这二三百年来我们的文学里最值得炫耀的事情之一，几乎任何一本统计世纪文学成就的大书里都不会忘记写上这一笔,而且写上一个个具体的灿烂书名。

它们是我们自己的书。合乎年纪,合乎趣味,快活地笑或是严肃地思考,都是立在敬重我们生命的角度,不假冒天真,也不故意深刻。

它们是长大的人一生忘记不了的书,长大以后,他们才知道,原来这样的书,这些书里的故事和美妙,在长大之后读的文学书里再难遇见,可是因为他们读过了,所以没有遗憾。他们会这样劝说:"读一读吧,要不会遗憾的。"

我们不要像安徒生写的那棵小枞树,老急着长大,老以为自己已经长大,不理睬照射它的那么温暖的太阳光和充分的新鲜空气,连飞翔过去的小鸟,和早晨与晚间飘过去的红云也一点儿都不感兴趣,老想着我长大了,我长大了。

"请你跟我们一道享受你的生活吧!"太阳光说。

"请你在自由中享受你新鲜的青春吧!"空气说。

"请你尽情地阅读属于你的年龄的文学书吧!"梅子涵说。

现在的这些"国际大奖小说"就是这样的书。

它们真是非常好,读完了,放进你自己的书架,你永远也不会抽离的。

很多年后，你当父亲、母亲了，你会对儿子、女儿说："读一读它们，我的孩子！"

你还会当爷爷、奶奶、外公和外婆，你会对孙辈们说："读一读它们吧，我都珍藏了一辈子了！"

一辈子的书。

目 录

THE ADVENTURES OF A GIRL CALLED
BICYCLE

1. 几静修道院 ……1
2. 自行车"哐当" ……9
3. 友谊工厂 ……20
4. 斯皮姆先生的炫彩海绵 ……32
5. 未完成的心愿 ……37
6. 数了900多头牛 ……44
7. 肯塔基州路遇恶狗 ……58
8. 风驰电掣的食人魔 ……67
9. 伊利诺伊州的法式大餐 ……76
10. 密苏里州的猪群巡游 ……89
11. 乐园馅儿饼店 ……102

12. 没了哐当的自行车 ……113

13. 在米德维站哪儿也去不了 ……129

14. 堪萨斯州的财富号大显身手 ……144

15. 在科罗拉多州世界之巅 ……159

16. 犹他州抓贼记 ……170

17. 导弹发射功能无法操控 ……186

18. 全美最孤独的公路 ……197

19. 内华达州祝你好运 ……210

20. 卡拉米蒂 ……219

21. 加利福尼亚州交友记 ……231

22. 自行车祝福会 ……247

23. 词典闹乌龙 ……259

1.
几静修道院

几静修道院的大门不见了。

修女旺达·玛格达莱娜走上台阶,伸手去够门把手,却发现大门不翼而飞。她停下来,噘起嘴,两手叉腰,仔细看了看门框,只见不锈钢铰链那里空空如也。幸运的是,旺达修女几年前就已经退休,再也不必少言寡语了。如今她想说什么就说什么,她现在就要发号施令一番。

"大艾尔!"她喊道,"你这家伙跑哪儿去了?赶紧把门装上!门没了,什么乱七八糟的声音都能传进来,这让人还怎么清修?"

大艾尔是个建筑工,修道院新房子的装修都归他管,但他既没应声也没露头。旺达修女叹了口气。几静修道院刚搬到华盛顿

特区修道院巷65号，修士们昨天已经正式入住，但新房子还有些零七八碎的地方没弄好：有的电灯开关不灵；出热水的水龙头吱呀作响；大门也关不严实，得拆下来重新装。旺达修女凡事都不喜欢凑合，她给大艾尔指出一大堆问题，下了一大堆严格的指示，要他在今天六点前必须把所有问题都妥善解决，否则有他好看。看样子工人已经把门卸下来了，但还没来得及装回去。

旺达修女走进前厅门廊，绕开地上一堆堆的空纸箱，往前走去。她看见门斜靠在墙上，上面挂着锃亮的新标牌：几静修道院 对外开放。有个小女孩蹲在门边，头发乱蓬蓬的。她穿着一件褪了色的粉色T恤衫，上面画了辆自行车，还印着大写的"BICYCLE（自行车）"，T恤衫大得都能装下两个她。她对旺达修女眨了眨眼睛，两只小手攥紧了衣脚。"天哪，别管什么门不门了，快看看，是什么溜进来了！"旺达修女费力地绕过箱子。"跟我来。"她命令道，说完牵着小女孩的手就往办公室走。

旺达修女和小女孩面对面坐在书桌两边。"好啦，孩子。"旺达修女边说边抽出一个黄色便笺本和一支削尖的铅笔。她有很多黄色的便笺本和削尖的铅笔，平时要记很多事。因为所有的修士都发过誓，进了修道院就得少言寡语，所以修道院才雇了退休的旺达修女来办那些需要说话才能解决的事，比如接电话、确保东西送到该送的地方、安排人上门修理洗衣机、监督新房子的建造……旺达修女喜欢把每项工作都做到尽善尽美,因此倒也不怎么怀念以前默不作声的日子。但她还是喜欢穿着修女的黑色长袍,因为她发现,这身衣服能给那些质疑她权威的人一种威慑感。

"我得弄清楚你是谁,住在什么地方。你能告诉我吗?你叫什么?住在哪儿?怎么会躲在这里?"旺达修女问。

小女孩没吱声。

"不说话,嗯?你是不会说话呢,还是没话可说呢?"旺达修女瞅着小女孩的脸问,"你几岁了? 3岁?"她竖起三根手指。小女孩只是呆呆地盯着她。旺达修女坐在椅子上,身子往前挪了挪,用铅笔轻轻敲着自己银白色的短发。"不吭声是吧?好,那你倒是挺适合这儿的。"她说。

大艾尔一路小跑跑进办公室。"对不起,修女,"他说,"你给我那张长长的单子上列的事,有的我忘了,不过我现在又想起来了,可还有件事……很重要。"看到旺达修女的办公室里坐着个穿粉色T恤衫的小女孩,他突然顿住了:"哦,你已经找到她了。好了,我要去检查电灯开关了。"

"大艾尔!"旺达修女用一本正经的语气喊道。

大艾尔站住脚。

"你认得这个小女孩吗?"旺达修女问,一双蓝眼睛冷冰冰地盯着这个建筑工。

3

"对不起,修女,我看到她坐在门前的台阶上,可当时替换的水龙头刚好送到,我问她为什么坐在那儿,她没理我。你也清楚,非常清楚,'在今天六点前必须把所有问题都妥善解决,否则有我好看',我可不想有什么'好看'的等着我,所以我只好先把她藏到一个安全的地方,让她待在那儿别动。我打算先去把水龙头拆下来,吩咐伙计们把新的装好,再带她过来。"大艾尔看起来有些局促不安,"我想我应该先把她带过来的。"

"没错。"旺达修女表示赞同。"好啦,说说具体的。你当时看到附近有人吗?也许她是别人丢下的。"

"一个人影也没看见,修女。不过……"大艾尔继续说,"没建修道院之前,这里原本有个失物招领处。不知道现在有人捡了东西是不是还会放在那儿……包括走失的儿童。"他耸了耸肩。

"居然会这样?"

"哦,水龙头换好了。"

"大门呢?"旺达修女问。

大艾尔举起手:"我这就去。"

有个工人在门廊那儿喊他,问他怎么看电灯开关有没有装反。

大艾尔搓了搓脑门儿:"抱歉。"他说着跑了出去。

旺达修女觉得也没什么好问的了,和小女孩就这么一言不发地互相打量了一会儿。

如果你没在几静修道院附近住过,你也许想知道什么是几静修道院。几个世纪以前,有一个叫鲍勃的修士创建了一个古老又受人尊敬的组织,而几静修道院就是它的一部分。一天,鲍勃注意到,每个人的身体都有两只耳朵,却只有一张嘴。他觉得这意味着人应该多听少说,所以他发誓要做一个少言寡语的人,一辈子专门听别人说话。

鲍勃后来意识到,如果他彻底不作声的话,遇上紧急情况就没法儿呼救,有人说"今天天气真好"时也不能客气地附和,还不能要三明治吃,所以他只允许自己说八个词,他称之为"神圣八词":"是""不是""也许""帮助""现在""以后""睡觉"和"三明治"。事实证明,这八个词再加上手势,能表达很多意思。

要是家人或者朋友对自己不够关心的话,人们就会去拜访鲍勃。每个人想说多久就说多久,而鲍勃就耐心地听着。这看起来挺简单,但其实作用很大——几个世纪以前,就像今天一样,人们真的很喜欢被人倾听。很快,越来越多的修士加入了鲍勃的行列,他们发誓也要做一个少言寡语的人,并把自己的生命奉献给倾听他人这件事,于是这个组织就这么成立了。鲍勃的表妹尤菲米娅创建了一个分支机构——几静修女会,同样受到大家欢迎。几静

修女会里只有女性。最后,几静修道院和几静修女会在美国的大多数州和世界上许多地方落地生根。它们对公众开放,无论是谁,无论在哪一天,你都可以去那里,说些自己想说的话。不管你说什么,都会有修士或者修女耐心地坐在那里听着。

多年来,几静组织一直围绕着"要不要往'神圣八词'中加一些新词"展开辩论,但最终没有任何结果。比如修士和修女们曾考虑过"低头"这个词。(一位年轻的修士在被飞盘砸中后非常痛苦地提出了这个建议。)

旺达修女所在的几静修道院刚从城市另一边的一座古老又破旧的建筑里搬过来。除了向公众开放,这座新的修道院也是受训修士的家。因为工期比预想的要长,修道院还没彻底完工,修士们就已经搬进来了,所以纸箱和门才会在门廊里出现。可这并不能解释这个小女孩为什么也会出现在那里。

旺达修女这几天一直在打电话,给医院、警察局、学校、酒店,甚至动物园都打过。她想要搞清楚这个默不作声的小女孩到底是打哪儿来的。但没人知道她是谁,也没有穿粉色 T 恤衫的小女孩走失。所以,旺达修女向最高修士和较年长的修士提议,最好先把这个小女孩留在自己身边,等有人来把她领走。

"三明治。"最高修士回答道,意思就是"当然,要让她感觉像在自己家一样"。最高修士最年长也最沉默,他居然能把他的词汇量缩减到一个"三明治",还能用不同的语气说"三明治",以表达各种不同的意思,真是太了不起了!

在其他修士异口同声地回答"是"之后,事情就这么定了。

在几静修道院的第一个晚上,小女孩探头往一个黑漆漆的房间里瞟了一眼,她看到一排又一排的修士,他们身穿淡蓝色长袍,有高有矮,有胖有瘦,来自不同的国家,都跪在方形垫子上,双目紧闭。这是一个高级倾听班。小女孩像一团棉花飞过地板,她轻手轻脚地走进房间,坐在一个垫子上,也闭上了双眼。尽管修士们都竖着耳朵,但没人听到她进来。她坐在那里,从头到尾一动不动、安安静静的。修士们终于睁开眼,他们目不转睛地看着这个悄无声息地出现在他们中间的小女孩。小女孩看着瞪大眼睛的修士们,咯咯地笑出了声,打破了房间里的寂静。

接下来的几天,旺达修女在附近办事时都带着这个小女孩,旺达修女希望有人能认出她,知道她家在哪儿。小女孩执意要穿那件印有"自行车"字样的粉色T恤衫,所以邻居和店主们看到旺达修女便问:"这个穿'自行车'的小家伙是谁啊?"

小女孩要么微笑,要么盯着对方看,这取决于对方的声音听起来是否友好。到了第三天,只要有人问她问题,无论问什么,她都张开嘴爽快地回答:"自行车!"

旺达修女觉得用"小女孩"来称呼她太啰唆了,便索性管她叫"自行车"①。自行车听了笑得格外灿烂,后来人们就都这么叫她了。

几个星期过去了……自行车能多说一些话了,她会说的词不多,可她依旧不知道自己是谁,也不知道自己从哪里来。修士们在几静修道院的二楼给她收拾出了一间临时客房。

几个月过去了……旺达修女把最高修士叫到她的办公室。她提出要给自行车缝制一些新衣,在她房间的墙上挂些照片,并抚养这个孩子。

"不是暂时的,"旺达修女语气很坚决,"是把她抚养长大。无论如何,她现在也是几静修道院的一员了。"

果不其然,最高修士回答道:"三明治。"

"三明治!"从旺达修女办公室的门口传来一个细小的声音附和道。

最高修士吓了一跳,转过身,当他看到自行车一脸得意的神情时,他又笑了。她似乎很喜欢逮到机会就悄悄接近修士们,而且她蹑手蹑脚的功夫可是一流的。

"我说了,她会很好地适应这里的。"旺达修女说。

---

① "小女孩"的英文对应的是两个单词,"自行车"是一个单词。

# 2.
自行车"哐当"

现在，几静修道院成了自行车永远的家，她会跟修士们一起上入门级的倾听课。自行车有她专属的垫子，很舒适，她和蓝袍修士们一起跪在垫子上，每天默不作声地倾听一个小时。有时他们听的是来访者的倾诉，有时听的是录音。他们就安安静静地坐着，用心去听别人没好意思说出口的话和大家心照不宣的话。

旺达修女找出修道院的缝纫机，手脚麻利地给自行车做了几件简单的衣服。让她烦恼的是，她不知道自行车的年龄。在缝制新衣时，她突然想到，可以把自行车的衣服尺寸跟图样尺寸比比看。自行车衣服的尺寸刚好跟童装3号的尺寸一般大，于是旺达修女便凭着直觉，在修道院的记录中把自行车的年龄标记为3

岁。她又突发奇想,在一件新缝制的绿色 T 恤衫上缝了相同的自行车图案,下面也印有"自行车"字样,这下就和原先那件粉色的一样了。自行车兴奋的尖叫声让旺达修女十分有成就感,她打算以后每年都缝制一件不同颜色的印有自行车图案和字样的 T 恤衫,以庆祝自行车的到来。

两件新 T 恤衫穿下来,自行车到了上幼儿园的年龄。旺达修女决定自己在修道院里教她。她很喜欢这个女孩,而且她觉得她能把自行车教得很好。她还注意到,每当她们路过附近的公立学校,自行车就会拉起 T 恤衫挡住眼睛,躲在她的长袍后面,时不时地偷看在操场上奔跑的孩子。

自行车特别聪明,在旺达修女的教导下,她学会了很多东西。在掌握了字母、数字、颜色和形状等基础知识后,她就开始学习阅读、算术和写作。每天,旺达修女会在黑板上写下"神圣八词",还把这八个词作为许多课程的基础。她们花了几个月的时间思考到底该怎么定义"三明治",还把世界各地的手拿食物都比较了一遍。她们讨论了"现在"和"以后"的区别,并把这个话题延伸到了钟表和时间的学习。自行车很擅长玩字谜游戏,如找词游戏和易位构词游戏。她最不喜欢的课程是礼仪规矩课,但旺达修女坚持要她上。

这天早上,玩过拼字游戏后,已经 6 岁的自行车问:"修士们什么时候才会把'低头'加入'神圣八词'？"

"在几静的世界里，变化会发生得很慢。"旺达修女说，"也许是因为我们说的词太少，没办法讨论改变的可能性。不过在我看来，缓慢而谨慎的改变并不是一件坏事。"

自行车赞成旺达修女的说法。对她来说，这个星期跟上一个星期并没有多少区别，但她毫无怨言。旺达修女会带她出门办事，带她参观博物馆。她们还是图书馆和公园的常客。在修道院里，自行车会跟着修士们一起做家务，比如打扫和整理。她还帮助受训的修士练习技能，假装自己是来几静修道院倾诉的访客。有时她觉得无聊，便会问受训的修士一些问题："如果你头顶上有一只大蜘蛛，你是希望我告诉你，还是不告诉你呢？"几乎每一个修士都会回答"是"。然后自行车继续问："是？那到底是告诉还是不告诉？"最后修士们会说："不是！也许！帮助！"这时自行车会突然笑出声来，叫对方放心，她只是在开玩笑。有些修士容易违背自己的誓言——有个年轻的修士整整诉说了十分钟，告诉自行车他有多害怕蜘蛛。可他们知道，自行车不会向最高修士报告他们的违规行为。

自行车7岁时，旺达修女给她安排了一节课，教她如何将"神圣八词"翻译成十四种不同的语言，包括法语、日语、乌尔都语、越南语、斯瓦希里语等。虽然旺达修女所有的教案都是在同一个

家庭教育网站上找的,但她很少参考这些教案。大家都觉得旺达修女无所不知,无所不晓。

自行车把学到的单词记得很牢,背得也很流利。旺达修女满意地问:"我们从中学到了什么?"(旺达修女很喜欢问"我们从中学到了什么",她认为一切经历都是学习的机会。)

"嗯……人们可以在很多不同的语言中保持安静?"自行车猜了猜,说道。

"答对了!但不要说'嗯'。好,今天就学这么多。"旺达修女边说边放下粉笔。

自行车站起身离开了教室。

旺达修女看着她向门口走去。"自行车,等等,"她说,"今晚修道院要放电影《黄金三镖客》,你想看吗?"当地一家电影院向几静修道院捐赠了一台旧的放映机和一些电影胶片,修士们又在餐厅尽头的墙上挂了一张床单,这样就能看电影了。他们很喜欢《黄金三镖客》的主演之一克林特·伊斯特伍德,因为他扮演的硬汉角色大多时候都不怎么爱说话,却能表达出丰富的情感。

自行车摇摇头:"今晚我要看书。"

旺达修女在心里叹了口气。自行车是一个优秀的学生,跟同龄孩子相比,她的学习能力和倾听能力都要领先许多。不过,在这样一个安静的地方长大,她既不能跑跳、玩闹,也没法儿跟同龄孩子一起说说笑笑。旺达修女知道，修士们待自行车很好，也愿意花时间听自行车说话，但如果双方的交流只能限于八个词，那他们很难成为自行车真正的朋友。旺达修女经常想：没把自行车送到公立学校是否是一个错误。可就在上个月，她跟自行车提议，让她明年去学校上学时，自行车恳求她，让她继续在家教自己。自行车先是拿出她无可挑剔的拼写测试卷和比同龄人做得都好的数学作业，接着告诉旺达修女她用那八个词里的字母又组了个新词，然后一言不发，只用可怜巴巴又意味深长的眼神凝视着旺达修女。自行车已经由初级倾听班转到了中级倾听班，旺达修女不得不承认，这个女孩子在这方面的确有些天赋。

旺达修女说："好吧，我知道奥托修士和其他几位修士今天要去市场买爆米花和糖果，还要买晚餐的食材。你不想跟他们一起去吗？"

自行车在心里叹了口气。她不傻。她知道旺达修女怎么想——认为她得交些朋友。这位退休的修女最近张罗自行车和当地学校的孩子们玩耍，还邀请市里孤儿院的孩子们来参观修道院。但是自行车没法儿忍受其他孩子。没有一个孩子愿意安安静静地坐着，也没人知道如何倾听。事实上，他们都很爱说话——说起话来滔滔不绝。自行车在几静修道院生活了四年，她认为"安安静静地坐着，倾听别人的话"是很好的生活方式。但她知道

旺达修女是为她好。

"当然想去喽！"自行车说。她向来喜欢跟奥托修士待在一起，他为修道院采购食物，他自己也喜欢食物——挑选食物、烹调食物，当然更喜欢把它们吃掉。奥托修士笑吟吟的圆脸上架着一副圆眼镜，他每餐要吃两份甜点。跟他一起去市场，看他挑选有大理石纹的香肠或者毛茸茸又新鲜的猕猴桃，是一种乐趣。他经常兴奋得暂时忘记了自己的誓言，叽里呱啦地给自行车讲美味佳肴要怎么烹饪。

"好极了！"旺达修女说，"记得叮嘱奥托修士给我带一条士力架。"

自行车点点头，开始考虑自己的计划——买完东西吃完饭，她要直接去修道院的图书馆。今天晚上大家都去看电影，所以整晚都不会有人打扰她，她可以安心看书。

那天下午买完东西，奥托修士笑容满面地推着他的小购物车走在人行道上。他买到了很划算的猪排，没有什么比花较少的钱买到好吃的东西更能让他高兴的了。自行车走在胖乎乎的奥托修士的旁边，后面跟着三个年轻的还在受训的修士，他们捧着大包小包的食物。奥托修士自顾自地哼着一首快乐的烹饪小曲，抬头望着天空，盘算着要用什么配菜来搭配这些猪排。

经过邮局时,奥托修士的购物车哐当一声停了下来,什么东西横在人行道上,把购物车挡住了。自行车和其他修士急忙上前帮忙,然后他们看到一辆橙色的两轮装置,上面布满了斑斑锈迹和蜘蛛网,那种橙色非常醒目,装置上面还用绳子挂了块手写的牌子:**出售。联系邮政局局长**。

"啊!"自行车说。

"嗯,这就是自行车!"奥托修士说。他惊愕地瞪大眼睛,赶忙用手拍了拍嘴。奥托修士其实根本就不适合待在几静修道院。

"这是我想的那个东西吗?"自行车问。

奥托修士看起来很纠结,似乎在想:反正我今天已经违背了誓言,索性再多说几句。"是的,亲爱的,这就是你的名字。它确实是一辆自行车。"奥托修士说。

三个年轻的修士一脸不赞成地推了推他。

这大概就是一见钟情吧。自行车望着眼前这辆橙色的两轮装置。

"奥托修士……你觉得我可以买下它吗?"自行车把手伸进口袋,掏出89美分硬币。

奥托修士扫了一眼那辆橙色的自行车,然后看了看自行车的脸。他没再多说什么,接过硬币就走向邮局。奥托修士一定是把谨言慎行的教诲抛到了九霄云外,彻底忘记了他在几静修道院所

15

学的一切，才讨到了这样的便宜。他从邮局走出来，眉开眼笑地对自行车说："这车归你啦！"

当奥托修士把那辆橙色自行车推进几静修道院时，所有人都丝毫不觉得惊讶。既然这个女孩名字叫"自行车"，她迟早要学会骑车的。

事实上，旺达修女看到自行车推着那辆自行车时，心里倒是松了一口气，于是在购物清单上又加了儿童头盔，还说："早就该让她找到一项自己喜欢的活动，走出修道院，跟外界接触了。以前我就说过，现在我要再说一遍，这个女孩需要交朋友。当然，这辆自行车会帮到她。"

"三明治。"最高修士答道。

这辆结满了蜘蛛网的自行车需要细心地呵护。自行车迫不及待地忙了起来。她在图书馆找到了一本厚厚的自行车维修手册，然后把自行车推到修道院的小车库里。她花了整整一个下午的时间把自行车一点一点地拆开。当旺达修女把一个纯色的儿童头盔放到她跟前，并叮嘱她骑车一定要戴头盔时，她甚至连头都没抬。

"曲轴、中轴、踏板、后变速器……"自行车一边大声照着维修手册念，一边拿起一个个生锈的、形状复杂的零件，翻来覆去地看着。当天晚上，修士们在看克林特·伊斯特伍德主演的电影时，自行车用一把旧牙刷把车子的边边角角都刷得干干净净,给需要上油的部件上了油,又把零件重新组装起来。叫谁来看,这辆自行车都算不得漂亮。它像一块老旧、笨重的铁疙瘩,显然跑过很多路,但骑起来基本没问题。此时它跃跃欲试地想与新主人一起出发。它对自行车来说有点儿大,但只要伸伸腿,她也能够到脚踏板。自行车抱着它,给它取名为"哐当"。

接下来的五年,自行车一有时间就骑车。她每天都骑车跟着奥托修士去市场。谁也不知道她绕着街区到底骑了多少遍,总之差点儿把路磨出沟槽来。睡觉时她就把哐当放在床边,有时她还会骑着车从宽敞的楼梯上下来吃早饭。(旺达修女威胁她说要把哐当扔到垃圾堆里,所以她只有在确定旺达修女在修道院外忙碌时,才敢骑车下楼。)

向修道院捐赠放映机的电影院还捐赠了几部黑白电影的胶片,是关于世界著名的自行车大赛的。自行车把这些电影看了一遍又一遍,高声为电影中的赛车手喝彩。大多数比赛都在欧洲举办,那些瘦高的赛车手让自行车为之着迷,他们骑着炫酷又灵活的自行车,风驰电掣般穿过历史悠久的城镇,艰难地翻越山峰。虽然一大群赛车手看着挤挤攘攘的,但他们一般不会撞车。

自行车的呐喊声吸引了最高修士的注意。他喜欢看自行车

目不转睛地盯着电影,喜欢听她加油助威的呐喊声。他似乎从她的声音中听到了一些特别的东西,因为有时他也会受到鼓舞,跟着自行车兴奋地大喊一声:"三明治!"他给自行车订阅了一份《大众自行车》杂志作为礼物。自行车会把每一期杂志都认认真真地从头读到尾,只有这样,她才会了解那些世界著名的自行车赛车手。

最著名的也是自行车最喜欢的赛车手是年轻的兹比格涅夫·西恩凯维茨。他来自波兰,19岁,身材瘦高,留着金色的胡髭。作为一名新秀,他赢得了所有重大国际赛事的冠军,总是笑着冲过终点线,向欢呼的粉丝们热情地挥手,并用波兰语高声喊道:"谢谢你们!"

兹比格是自行车眼中的英雄。她把他名字中的字母重新排列,拼出了"E-Z BIG WIN(兹比格必胜)",还在他的姓中发现了"NICE(美好的)"和"WISE(智慧的)"两个词。她开始梦想自己能像兹比格那样,赢得环法自行车赛、环意大利自行车赛和其他著名的自行车大赛,想象自己征服了几百公里后,脸上挂着笑容,向欢呼的粉丝们热情地挥手。她认为她的梦想并不是遥不可及的。她知道自己长大后会像兹比格一样又高又瘦——毕竟,每次她长高一点儿,哐当的座杆就得升高一点儿,现在她12岁,座杆已经升到最高了。

自行车想要赢得国际大赛的梦想越来越清晰,这与旺达修女希望她在附近骑车时能结交更多新朋友的初衷却越来越背离。事实上,哐当似乎让她跟其他孩子更疏远了。

自行车骑车的速度很快。要是有其他孩子想跟她说话,她就拼命蹬脚踏板,把他们甩在身后。现在,只要旺达修女张罗自行车跟本地的男孩女孩一起玩,她就跳上哐当,往门外飞驰而去。头发随风飘动,辐条飞速旋转,自行车与孩子们擦肩而过,假装没听到旺达修女叫她回来见见贝茜、比利、珍妮或弗兰基。自行车不想见他们。她只想骑着哐当,一个人安安静静地待着。

3. 友谊工厂

这个星期六的早晨可真倒霉,自行车听到有一群女孩从前门进来,跟着旺达修女走到了大厅。事情明摆着,旺达修女又在给她张罗交友会了。

自行车跳下床,飞快地穿上衣服和鞋子。她想好了,只要她动作够麻利,她可以骑着哐当下楼,从厨房边上的侧门出去,不让旺达修女她们看见。她蹬着哐当进了走廊,可骑到楼梯中间时,她感觉到哐当沉重的车架从她下面飞了出去,发出可怕的撞击声。整个世界像是乱了套,木头碎片四处乱飞。

"救命!"她尖声叫道。

修道院里所有的修士都跑了过来。

奥托修士把自行车从木头碎片里拉起来,戳了戳她的胳膊和腿,看了看她的眼睛,又瞧了瞧她的耳朵。"受伤没?没骨折吧?"他惊慌失措地问。这时其他修士向奥托修士做了个"嘘"的手势,奥托修士这才意识到,照着自己的嘴巴就打了一巴掌。

"我……还好……我想……"还好她身上只是有点儿擦伤。

令人惊讶的是,从那堆木片和尘土中拉出来的哐当,除了橙色漆面上落了几道划痕、几颗螺丝松动了,也没什么大碍。楼梯呢?楼梯可遭殃了。

旺达修女向自行车走去,就像雷暴雨前压顶的乌云。她托起自行车的下巴,轻声细语地问道:"我们从中学到了什么?"那声音听着叫人害怕。

"嗯……我不能再骑车下楼了?"

旺达修女把她的话强调了一遍:"你,不能,骑,你的,自行车,下楼梯。永远,不能!"

自行车点了点头,心里懊恼极了。

旺达修女的眼睛像蓝色闪电一样闪烁着。"建宇修士!"她叫道。建宇修士是木匠。"你现在就去城里买些木料,把楼梯修好。等你回来,她任由你处置。"旺达修女晃了晃自行车的下巴,晃得她牙齿咯咯作响,"让她帮忙,多久都行。"

这是旺达修女第一次对自行车态度这么严厉。自行车只好

乖乖地去了大厅,见了那群咯咯笑的女孩。她尽力装出一副很高兴有她们陪伴的模样,直到建宇修士买木料回来,吩咐她用羊角锤把破木片上的钉子全拔出来。

几个星期过后,旺达修女带自行车去理发,她一年才理一次头发。自行车骑着哐当,旺达修女不紧不慢地跟在后面。经过一家旅行社时,一张字体歪歪扭扭的大海报吸引了自行车的目光。她骑车过去看了一眼,差点儿撞到大楼侧面。海报上写着——

兹比格涅夫·西恩凯维茨访问美国!

这是他首次访问美国!!

兹比格将出席 7 月 8 日在加利福尼亚州旧金山市举行的自行车祝福活动。

欢迎自行车手来参加此次活动!兹比格会给你送上骑行祝福,祝福你骑行又快又安全。兹比格将在活动中选择一位幸运的自行车手,与他一起环游全美。

一生中只有一次的骑行!

今天就预订机票吧!

海报的底部有一张兹比格的黑白照片。他挥舞着双臂,那是他的标志性动作。

"修女!"自行车喊道,嗓子眼儿莫名其妙地咕噜作响。她有很多话想说,这些话七七八八地混杂在一起,卡在她喉咙那儿。

旺达修女慢悠悠地走过来,看了看海报。

"好,好,我知道你是兹比格的忠实粉丝。"旺达修女顿了顿说。这位从不气馁的修女此刻显得非常沮丧,自行车头一次看到她这样。"我想说,我们本来买得起去加利福尼亚州的机票。但是,为了修被你撞坏的楼梯,我们把修道院的积蓄花光了。"

自行车咽了口唾沫。

"我很抱歉。我知道你也不想撞坏楼梯,但你的确没法儿参加这个活动。"旺达修女说完朝理发店走去。

自行车像是挨了当头一棒。她一声不吭地跟在后面,慢慢推着哐当,后悔自己当初干的"好事"。"你确定吗?一点儿钱都没有了?"自行车走到旺达修女身边小声问。

旺达修女抿着嘴。"哦,有应急基金。我确实也留了些钱。"她说。

自行车感觉到希望在她的身体里跳跃。

旺达修女继续说道:"我本来准备下周告诉你的,我一直在攒钱,打算送你去友谊工厂参加露营活动。"

自行车的希望又从高处跌落下来,摔了个粉碎。

"我知道,你宁愿去看那个叫兹比格的自行车手,但你得明白,"旺达修女直截了当地说道,"你不能这样下去,你不能没有朋友。既然你在这儿找不到一个朋友,那我得对你再狠一点儿。

友谊工厂是个很不错的地方,他们在全国各地都有分支机构,有一个就在华盛顿特区旁边。他们的广告宣传说'保证孩子交到三个朋友,否则全额退款'。我已经给你报名参加他们的春假特训,他们保证,要是春假特训没交到朋友,你可以直接参加为期六周的夏季强化营。"旺达修女的脸色稍稍缓和了些。"请相信我,"她说,"我这么做是为你好。将来你会明白我的苦心的。"

从理发店回家的路上,自行车整个人都是蒙的。她心目中的赛车英雄就要来美国了,可她不仅见不到自己的偶像,还要被"发配"去听起来就叫人害怕的友谊工厂。也许她只能待在树林中四处漏风的小木屋里,不得不跟那些无趣或者讨厌的孩子交朋友,甚至还可能是既讨厌又无趣的孩子。要是没交到三个朋友,她还得在那里度过差不多一整个夏天。保证交到三个朋友,否则全额退款?保证是个噩梦还差不多!

一连几天,她都心神不定。她给兹比格写了一封长长的信,恳求他是否能把访问地点改到华盛顿特区,最好是在几静修道院附近的某个地方。她还向修士们倾诉了自己的烦恼,他们听得很耐心、很专注。可是,对自行车而言,这一次只有倾听是不够的。她希望有人能和她聊聊——"啊,这太不公平了""我会想办法跟旺达修女讲道理""你不需要交朋友,你应该去见兹比格,也许你真能成为那个跟他一起骑行环游全美的幸运儿呢"……但修士们只会回答"是""三明治",这让自行车很不满意。她闷闷不乐。

四月中旬,在预约好的友谊工厂大巴到达的前一周,自行车收到了一个盖有波兰邮戳的大信封。回信地址是兹比格公司。他居然回信了!自行车屏住呼吸,撕开信封。里面有一张兹比格骑着自行车越过某项赛事终点线的照片,他举起双手,对着镜头微笑。照片上用黑色的粗马克笔写着"继续前行!",落款是"你的朋友,兹比格涅夫·西恩凯维茨"。自行车盯着这行字,头脑里有个主意正在酝酿。一旦这个主意酝酿好了,它就会长出轮子,在她的脑海中不停旋转。

四月末的一个星期六的早晨,阳光明媚。这本是自行车喜欢的天气,可当友谊工厂的大巴停在修道院门口时,她苍白的脸上没有露出一丝喜悦之情。司机下车帮旺达修女把哐当挂到车尾的行李架上,自行车把鼓鼓囊囊的背包紧紧地抱在胸前。自行车执意要带上哐当,她说了,要想让她忍受那个讨厌的露营活动,唯一的条件就是让她带上哐当,最终旺达修女还是让步了。

旺达修女拥抱了自行车,还给了她一本书作为临别礼物,书名叫《车轮的智慧:伟大的自行车运动员的伟大思想》。"也许回来时你还没读完这本书,你要忙着和新朋友们一起玩耍呢。"旺达修女笑着说。

自行车才不相信自己会跟其他孩子说话,只是默默地点点

头。她蹲下身,拉开背包,把那本平装书塞进了包里。

自行车站起身,旺达修女接着说:"我知道你对交朋友这事没有多少把握,但我对我们两个人都有信心。想想你会从这次经历中学到什么吧。"

奥托修士也来为她送行。他给了她一个最善解人意的微笑和一个棕色袋子,袋子里面装满了给她路上吃的各种零食。他弯下腰拥抱自行车,轻声对她说:"好运。"

自行车再次点点头。

大巴上淘气的小男孩互相乱扔沾满口水的纸团,尖酸刻薄的小女孩在取笑对方的鞋子。要是没有这次露营活动,这些孩子不能、不会、也不应该交到朋友。

自行车找了个空位坐下,她把背包放在腿上,头盔挂在座位旁的钩子上。邻座的男孩穿着一件T恤衫,上面印着"幸好我不是你家的孩子"。他把一个湿答答的纸团塞进了自行车的头发里。

过道另一侧的女孩低头看了看自行车的运动鞋,尖叫道:"天哪,她的鞋居然不会闪光!"

自行车想装作没看到他们,但这很难。

大巴驶上公路。旺达修女和奥托修士挥手跟自行车告别,直到大巴远去。"有一天她会感谢我的,"旺达修女小声嘟囔道,"但愿吧。"

路上很拥堵,大巴缓慢地行驶着。几分钟过后,自行车站起来走到司机旁边。"抱歉,先生,我们能停一下吗?我想上厕所。"

"哎哟,我说,干吗不在出发前去呢?"司机问,"我们得掐着时间,你明白吧。"

"对不起,可我真的着急上厕所。"自行车回答道,左右脚来回踮着。

另一个女孩听到了她的话,随声附和:"嗯,我也要上厕所。"接着后面传来大家异口同声的喊叫声:"停车!我们要上厕所!"

司机埋怨道:"别闹了,孩子们!"但他在下一个加油站停了下来。"快点儿!"他喊道。

自行车抓起她的背包和头盔冲下大巴,但她没跟其他孩子一起去上厕所。她走到大巴后面,赶紧把哐当从行李架上卸下来。趁没人注意,她用一根蹦极绳把背包绑在了哐当的车架上,戴好头盔,向着与大巴和友谊工厂相反的方向骑去。

那天傍晚,一个修士在整理自行车的房间。在整理床铺时,他在枕头下面发现了一张字条。他看完后,直接把它递给了厨房里的旺达修女,她和奥托修士正在烤燕麦饼干。

旺达修女读了一遍,接着又读了一遍,然后瘫倒在厨房的椅子上。

亲爱的旺达修女：

　　我想很快友谊工厂就会通知你，我并没有到达营地，请别担心我。我知道我交朋友这件事对你来说很重要。也许你是对的。但友谊工厂不是我要去的地方。我只想交一个朋友，那就是兹比格。我和喧当要去加利福尼亚州找他。一路上我都会给你寄明信片，让你知道我很好。

自行车

　　旺达修女坐在椅子上，盯着自行车留下的字条陷入了思考。"我带了那么多好孩子到修道院来，她都不愿意跟他们做朋友，现在却要去加利福尼亚州，去见那个胡子拉碴的自行车手！"她灰心丧气地冲着燕麦片盒子说道，"这个傻孩子怎么就以为自己能骑行全国呢？"

　　最高修士走进厨房，目光越过她的肩膀看到了自行车写的字条。他眯着眼睛沉思了一会儿。"三明治。"他最后说。

　　旺达修女转过身。"如果你的意思是我们得喊警察去找她，我想那只会让她做出更愚蠢的事。不，那不行，她自己会回心转意的。"她用两只手揉了揉眼睛。"孩子最后会冷静下来，会回心转意，弥补自己犯下的过失。"她慢慢呼出一口气。"她是个聪明的女孩。她很快就会意识到，骑自行车穿越美国可不像说起来那么容易。我敢打赌,她今晚晚些时候就会回来。"

"三明治。"最高修士又说。

这一次,旺达修女一点儿也没明白他的意思。

自行车并不觉得自己傻。她翻来覆去地想了很多遍,怎样才能不去友谊工厂度春假。但直到收到了兹比格的签名照,她才想到,旺达修女不是觉得交朋友真的很重要吗,那无论是在友谊工厂还是在其他地方,比如在加利福尼亚州交到朋友,应该都可以啊。而且,有个绝妙的办法能帮助她到达加利福尼亚州:哐当会载着她横跨美国。

她去年和旺达修女学习了美国地理,所以她知道她和加利福尼亚州之间隔了多少个州。自行车盯着兹比格的照片看了一会儿,思索着从东海岸到西海岸的最佳骑行路线,然后她去了公共图书馆,打算自己做一张骑行地图。她去参考资料区找了好多地图册,把它们全都堆到了桌子上。一把尺子、一个计算器和一台复印机陪伴她度过了一个漫长的下午。

旺达修女曾严格地教导她如何阅读地图图例,这番功夫还真是没白费。她知道,地图册上最粗最直的线代表的是州际公路,汽车可以在州际公路上高速行驶,但自行车不准上州际公路。她要寻找的是最细的那条线,也就是蜿蜒穿过每个州,标有 CR(乡村公路)或 RR(郊区公路)的地方公路。有几个州甚至还有专门

为骑行者和步行者设计的小路。她用绿色的荧光笔在每份复印件上描画出这些路线,然后把厚厚的一摞纸装订到一起。自行车又把每个州的里程数加到一起,算出来她得骑大概6500公里才能到达加利福尼亚州。她最晚必须在7月8日那天到达加利福尼亚州,也就是说,她平均每天得骑80公里。她问自己,这很难吗?兹比格和其他自行车手每天都要骑行160多公里,而且是连着骑几个星期。80公里不过是小菜一碟!

当旺达修女嘱咐她为露营活动准备行李时,自行车偷偷地准备了长途骑行所需要的用品。她去厨房的食品储藏室搜刮了一番,把几袋饼干、干果、巧克力、麦片和牛肉干堆到一起。她把她最喜欢的T恤衫、紧身裤和短裤叠整齐,把一条旧羊毛毯卷好,又找了一条毛巾和一块肥皂,这样路上洗漱就方便了。她又往这堆东西里扔了一支牙刷、牙膏、一个手电筒、一把小折刀、蹦极绳、一些邮票、一个黄色的线圈本和几支笔。她还从修道院的图书馆里拿了一本防水的袖珍波兰语词典,这样当她和兹比格见面时,她就可以用他的母语跟他交谈了。她把复印好的地图还有一卷能把地图固定在车把上的胶带放进一个密封塑料袋里。她把攒下来的154.2美元零用钱统统装进一个信封,然后又在外面裹了几层衣服。为了照顾好哐当,她还带了一套L形六角扳手、链条润滑油、一个气筒和一个轮胎修理工具箱。她用两件特大号雨披盖住这些用品，心想着雨披还能做临时帐篷，然后把这一大包东西塞进了背包。她又把两个水壶嵌进哐当的水壶架。"一切都准备妥当了！"她确定。

出发的前一天晚上，她上床后听到大厅里传来午夜的钟声。她紧张得睡不着，一直在想第二天是否要按计划行事。

我在修道院被人发现时，身上穿的是印着"自行车"字样的T恤衫，不是吗？所以，就算我要交朋友，他们也应该是会骑自行车的人。那为什么我的第一个朋友不能是世界上最好的自行车手呢？他姓氏的字母还能组成"NICE"这个词呢。如果一切顺利，兹比格跟我会成为好朋友，那旺达修女就不会生气了。她会明白我为什么这么做。

然而，无论自行车在脑海中思索了多少遍，她都不相信，这件事之后，旺达修女会永远不生气。这可是件麻烦事。

不过，当她上了友谊工厂的大巴后，她知道她必须这么做。无论对错，她都得离开那些孩子。

现在她已经上路了，正以最快的速度前进。这时候再去想自己到底做得对不对已经没有意义了。于是她一门心思蹬着车，等待着她的是6500公里中的第1公里。

4.
斯皮姆先生的炫彩海绵

自行车穿过城市的街道,骑过第十四街大桥。穿过波托马克河后,她感到一阵兴奋,她知道,她已经离开华盛顿特区,进入了弗吉尼亚州,这是她要穿越的第一个州。加利福尼亚州,我来了。自行车心想。她握紧车把。

她和其他几个骑自行车的人一起骑上一条自行车道。从她的地图上来看,这条车道大概长 30 公里。长这么大,自行车还从没一口气骑这么远。她打算这条道骑到头儿之后,再骑 50 公里,这样才能完成今天的骑行目标。

她控制好节奏,一小时过后在饮水器前停了下来,喝了点儿水。她正往水壶里灌水,忽然听到身后传来呼呼声,不用看她也知道,那是辐条快速转动的声音。她转过身,看到三个人飞快地骑过来,他们都穿着红色的骑行服,衣服前面印有白色的"SPIM(斯皮姆)"字样。他们一脸严肃地跟她点头致意,并挥了挥手,接着继续往前骑。后面又来了一个人,穿着一模一样的骑行服,只是看着松松垮垮的,他喘着粗气慢慢地骑了过来。他骑的是一辆轻巧昂贵的车,车子吱呀作响,车把前的篮子里放着一个皮质公文包。

"早上好!"他停了下来,下车气喘吁吁地向自行车点点头,"有骑手路过这儿吗?"汗珠儿顺着他的鼻子和下巴直往下滴。他从骑行服的口袋里掏出一小块深蓝色的海绵,轻轻擦了擦汗。

自行车说:"有的,先生,他们刚刚经过。快点儿骑的话,你应该能赶上他们。"

"我当然能。"他自信地说。但他并没上车去追那几个人,而是把腰靠在车座上。他举起水壶,把壶里的水喝得一滴都不剩。

自行车从他手里拿过水壶,开始往里面灌水。

"你可真好。"那人说,"我的公司,斯皮姆炫彩海绵公司,对了,我就叫斯皮姆,这个月启动了一个新项目,鼓励员工骑自行车上班。而我作为公司总裁,需要为员工树立一个好榜样,对吧?"

自行车把灌满水的水壶递给他。

他举起水壶喝了个痛快,然后问:"你是去参加足球训练吗?"

"不是，先生。"自行车答道。既然能鼓励员工骑车上班，那这家公司一定很不错，自行车心想。"我是骑车去旧金山参加自行车祝福会，现在我得继续赶路了。按照计划，今天我还要骑 60 多公里呢。"

斯皮姆先生吹了声长长的口哨儿。"金州加利福尼亚？厉害啊！告诉你吧，我年轻时曾经骑车从英国到非洲，然后又骑回来。在渡轮上我也绕着甲板一圈又一圈地骑，所以穿越英吉利海峡和直布罗陀海峡的那段距离也得算到我的骑行里程里，你明白吧？那样的日子真美好啊！"说着他拍了拍腿，松软的肚皮跟着微微颤动。他有些不相信地低头看了看自己的肚皮，好像那不是他的。"告诉我你打算怎么走吧。你有地图吗？沿途有住宿的地方吗？"

"地图我确实有，我打算露营，"自行车回答，"我计划了整整一个星期。"

斯皮姆先生高兴地看了她一眼。"什么？一个星期？哈，都打算出去冒险了还要什么计划！想当初我带领科考队去南极只准备了一个晚上。那多有意思啊！"他笑着回忆说，"不过做冒险的事最好趁年轻，而且还得有一大笔钱。你不知道，出去探险钱花得有多快，有时不得不靠打工过活。无论在什么地方都要寻求冒险和挑战，比方说我，骑这么远的路去公司。"又有一个穿着一模一样红色骑行服的人从他们身边飞驰而过。

"哦,糟了！我得往前骑了,可不能叫他们把我甩得太远,也不能耽搁你的时间,"他说,"我可不想阻挡别人冒险的脚步。不过在我走之前,我愿意跟你分享我的一些旅行建议。我曾扬帆远航,也走过山间小径,我可以告诉你,要是你想听……"他兴冲冲地停顿了片刻。

自行车很礼貌地装出一副在认真听的样子。

斯皮姆先生哈哈大笑,挺起胸膛。他竖起一根手指。"第一,不要害怕吃长得奇怪的东西。眼睛觉得奇怪的东西往往是舌头的天堂！"说完他竖起第二根手指。"第二,一定要带一两块海绵在身上。海绵救过我很多次。"他打开公文包,递给自行车一个小包,里面装着各式各样的海绵。他又举起一根手指,向自行车晃了晃竖起来的三根手指,说:"第三,永远,记住永远别背对着斑马。那些长着条纹的家伙虽然看起来漂亮,但它们一不高兴就会变得异常凶猛！一定要听我的,勇敢的旅行'老江湖'的建议！"

自行车不知道该做何反应,于是她在中级倾听课上学到的本领派上了用场。"是的。"她一本正经地点点头,努力表现得像一个勇敢的旅行者。

斯皮姆先生把脚放到脚踏板上。"我相信,美好的事情在等着你。祝你好运,年轻的冒险家！"他眼中闪烁着坚定的光,转身骑着车走了。

自行车看着他越骑越远，对哐当说："你看，出发才第一天，已经有人告诉我们，遇到斑马要小心。这不比那个可怕的友谊工厂好多了？"她把海绵塞到背包最上面，朝斯皮姆先生那个方向骑去。她希望自己能追上气喘吁吁的斯皮姆先生，但她后来再也没看到他。也许给人建议能让他焕发活力。

这条自行车道骑到了头儿，她停下来吃了一些干果和饼干来庆祝。"就是这样，伙计，我们今天骑得比以前都远，"她跟哐当说，"其实也没那么难，我们很快就会到达加利福尼亚州！"

5.
未完成的心愿

也不知道蹬了多少圈脚踏板，几个小时后，自行车终于来到了弗吉尼亚州马纳萨斯市郊区的"欢迎"标志牌下。自行车从旺达修女的美国历史课上学到，南北战争时期曾有一场大规模的战役在这里打响，她按照历史标记牌的指引，沿着29号公路到达了当时的战场。这里的草坪被修剪得整整齐齐，中间点缀着一些树木。自行车觉得这是个停车过夜的好地方。

她推着车走进枫树林中。"我可不希望有人注意到我们。"她说着停好车，从哐当后架上解下背包，"旺达修女也许会派人来找我们，但暂时我还不想被人发现。"

自行车挑了一棵最隐蔽的树，她用蹦极绳把绿色雨披的一边

固定在哐当上,另一边固定在树上,在树底下搭了一顶临时帐篷。她把另一件雨披放在地上,铺上毯子,然后伸了个懒腰躺下来,这感觉可真好啊。太阳要落山了,自行车一边嚼着牛肉干,一边想着要把旺达修女给她的那本《车轮的智慧:伟大的自行车运动员的伟大思想》拿出来读,但她觉得眼皮重得抬不起来。"也许我该睡觉了,哐当,这样明天才能早点儿上路。"她边说边打了个哈欠。夕阳西沉,哐当的影子越拉越长,投在自行车的身上。

"你说什么?"自行车睁开双眼,睡眼蒙眬地问。她觉得很失落,以为自己睁开眼能看到修道院房子的白墙和木地板,却发现周围漆黑一片,只能闻到青草、风和潮湿的气味。她用手肘撑着坐起来,额头撞到了哐当的脚踏板,这才想起来自己在哪儿。

"哎哟——"她一边揉着脑袋一边呻吟。

"哎哎。"一个低沉的声音轻声叫道。

自行车站起身四处搜寻着。她没发现什么人,直到眼睛完全适应了黑暗,才看清旁边树根上坐着一个模糊的人影。自行车的耳畔又传来那个低沉的声音,但这次她一动没动。

"哎……喂……你好啊!"这个人影看上去像十几岁的男孩,戴着一顶看着很奇怪的帽子。他的身体没有清晰的轮廓,却闪烁着微弱的光芒。他清了清嗓子,轻声地说:"没吓到你吧?抱歉!"

"嗯……"自行车支支吾吾,接着打了个哈欠。也许这不过是场梦,没什么好大惊小怪的。"要是我知道你到底是什么,可能会更害怕。你是幽灵吗?"

那个人影看起来一脸困惑。"我不确定。你看我像个幽灵吗?我觉得我就是我啊。"他摸了摸胸口,又揉了揉肚子,"幽灵会饿吗?反正我觉得好饿。"

不管他是什么,自行车决心不必怕他。她起身,四处摸索去找她的背包。她伸手去够包里偷藏的那堆食物,掏出一些巧克力给他。

"谢谢你!"他说。

他伸出一只手接过巧克力,可那些巧克力直接穿过他的手掌掉在地上。他连忙伸手去抓,但那些巧克力躺在地上动都没动。他沉默了。

过了一会儿,他终于开口了:"好吧,我是幽灵,我想。"他挠了挠耳朵。"我记得的最后一件事,是我和最好的朋友乔·布兰奇在这棵大树后面,把火药倒进我们的火枪里,然后……然后我就坐在这儿……火枪不见了,乔也不见了。"他往四周看了一圈,"只有你、这些树,还有星星。"

"抱歉,没什么你能吃的东西。"自行车说着把巧克力包了起来。除了跟旺达修女,她还不习惯说那么多话,而这是她今天第二次对话,虽然之前那次主要是斯皮姆先生在说。她绞尽脑汁地

想幽灵喜欢谈论什么,她想到一个主意。"你有什么未了的心愿吗?我看很多书里都说幽灵一般都有未完成的心愿。你想想——你为什么会出现在这里?也许你藏了一笔钱,但还没来得及告诉你的家人?或者你要找某个卑鄙的坏蛋报仇?"

幽灵在微风中摇摆着,他想了想,最后说:"不,我没什么钱,也算不上有家庭,也不认识什么坏蛋。"他顿了顿:"除了跟乔一起去参加密苏里州志愿步兵团的战斗,我甚至都没真正计划过什么。对了,战争结束了吗?停火了吗?"

"是的。"自行车说。他一定是战场上的亡者。她在心里算了一下距离南北战争结束已经过去了多少年。"一百五十多年前就停火了。"她说。

"嗯,很好。事实证明,战争并不伟大。"他看着自行车,耸了耸肩,"所以,我想不出有什么未完成的心愿。书上说幽灵会出现还有其他原因吗?"

"幽灵也会缠着人或者什么东西,"自行车说,"你醒过来也许是因为你就应该在这个战场上出没,为了提醒人们战争是件很残忍的事。要是有人在这棵树附近休息,你就会出现并把你的智慧分享给他们。"

他把一只手搭在枫树的粗糙树干上。"嗯,可能是这样——我应该在这个战场上出没。既然幽灵不用吃东西,所以我内心的那种感觉可能不是饥饿,而是在酝酿智慧。"

他慢慢消失了。自行车看着他坐过的地方,直到微弱的光芒再也看不见,她才又躺了下来,这一次她找了个远离脚踏板的地方睡下。就在她快要睡着时,耳边又传来了低语声:"嘿,我想到了一些事情,也许算是未完成的心愿。"

自行车坐了起来,叹了口气,摆了个最舒服的姿势。"好吧,说说看。"她对眼前渐渐重现的模糊不清的人影说。

"我在想我的朋友乔,他怎么能吃着还拿着呢?他是吃馅儿饼比赛的冠军。有一次他参加吃馅儿饼比赛,不仅三下五除二就把他那份馅儿饼吃得干干净净,还顺手拿了几个没烤好的馅儿饼。"他说着眯起眼睛。

自行车忍住哈欠,假装听得很认真。

"总之,乔打算等战争结束后在我们的家乡开一家油炸馅儿饼店,每天都做五种不同口味的新鲜油炸馅儿饼。我们在步兵团一起行军时,他一直在跟我说这个。他还想好了馅儿饼店的名字,叫'乐园馅儿饼店'。你吃过油炸馅儿饼吗?"

自行车摇摇头,努力想象那是什么味道。

"没吃过?面团表皮又酥又脆,里面塞满了馅料,太好吃了!乔想出了很多新口味的馅儿饼:树莓巧克力味、烤鸡红薯味……"可惜幽灵不会淌口水,要不他现在肯定垂涎三尺了。他接着说:

"所以我想知道他是不是真的开了一家馅儿饼店。要真是那样,我倒不妨去他店里瞅瞅,总比孤零零一个人待在这战场上强。你能帮我查查吗?"

自行车想了想:"要是顺路的话,我倒可以试试。你和乔是哪里人?"

"密苏里州的绿沼,在欧扎克山。"

自行车拿出地图和手电筒,仔细研究了一下去密苏里州的路线。

"你可真幸运——我刚好经过绿沼。到时我会看看镇上是不是有家油炸馅儿饼店。"她想,也许她也要买一两个酥脆可口的油炸馅儿饼尝尝,"等等,不过就算我找到了,我怎么告诉你呢?我很乐意帮忙,但我没时间来回奔波。我给你写封信?"

他思索了一会儿。他的轮廓又开始变得不清晰了。"你知道,我刚刚才发现我是个幽灵。我也不清楚这是怎么回事。想得太多让我觉得有点儿虚弱,摇摇晃晃的。"他在夜空中一边摇晃着一边说,"也许我可以和你一起去。"

"怎么去?"自行车一脸惊讶地问。

他挠了挠轮廓模糊的下巴,往四周看了一圈。"我想我得住进你带的某样东西里。"俩人都望向了自行车的那堆东西。"我能住进你的车子里吗?"他指着哐当问。

"什么,我的车子？你想住进我的车子里？"

"是的,我想我可以住在那里面,跟你一起去绿沼。"

他现在看起来非常虚弱,十分可怜。也许他参军时还没到16岁,虽然已经过去了一个多世纪,但他看起来依然很年轻。

"你看行吗？"他满怀希望地笑着问。

自行车看了看哐当,又看了看他。这是她第一次离家旅行,她可不想骑一辆住着幽灵的车子,但旺达修女教过她,要帮助有需要的人,那些教导已经深深地刻在她的心中。

"好吧,你可以住进我的车子里。但你最好别给我增加重量,而且,等到了绿沼,不管那儿有没有油炸馅儿饼店,你都得离开。同意吗？"

幽灵的身体不见了,只剩下一张脸,他的牙齿在黑暗中闪闪发光。他低声说:"好,成交。谢谢你。"然后他就消失了。

自行车躺下来睡着了。

6.
数了900多头牛

晨光照在自行车的脸上,她醒了过来,肚子好饿,胃里像是有什么东西在啃噬。自行车翻了个身,打开几袋香蕉干、杏子和核桃,狼吞虎咽地吃了起来。吃完她站起来伸了个懒腰,感觉腿和背上的肌肉在呻吟着抗议。她对哐当说:"我有种直觉,今天不会像昨天那么轻松。"

"早上好,能给链条上点儿油吗?"

这些年,她已经养成了跟哐当说话的习惯,但这是哐当第一次回应她。

自行车瞪大了眼睛。她往周围看了一圈,发现附近并没有人。她把头靠向车架,激动地问道:"哐当,是你吗?是你在说话吗?

骑了80公里,你竟然会说话了?"

"是我,格里芬。昨晚你说我可以跟你一起去绿沼。"车把那儿传来一个年轻人的声音。

自行车揉了揉脑袋,想起来昨天晚上她是这么答应的。"好吧,格里芬,我还以为那是个梦。昨晚忘了问你叫什么名字,我叫自行车。现在我要给链条上点儿油。"

"很高兴认识你,自行车。我叫格里芬,非常感谢你能载我一程。"

自行车给链条上好油,然后把所有行李都绑在哐当的车架上。她一条腿跨过车座,上了车。她发现凡是接触到车子的身体部位,没有一处不疼的,但她告诉自己,她可以坚持。"好了,格里芬,我们上路吧。"她冲着车把说。她慢慢地蹬着车,离开了曾经的马纳萨斯会战的战场。

格里芬很快就习惯了搭车的感觉,开始喋喋不休地谈论着阳光是多么明媚,道路是多么平整,跟鹅卵石路面或者硬土路相比,现在的道路修得有多么好……一辆汽车超过了他们,他惊讶得大叫起来:"那辆马车失控了——它跑得太快了!对了,怎么看不见马呢?"

自行车让他别吵,并向他解释人类已经发明了汽车——即使没有动物拉它,它也能移动。于是格里芬问汽车是不是跟火车

45

一样靠蒸汽带动。自行车告诉他,汽车烧的是汽油。他又问汽油带动汽车是不是跟蒸汽带动火车是一回事。自行车只好实话实说——她压根儿不知道汽油是怎么让汽车跑起来的。

又有一辆汽车开了过来。格里芬又惊讶得叫了起来,然后赞叹地笑了。下一辆也是如此。下一辆,再下一辆……"这些东西得有多少辆啊?"他问。看着各式各样的汽车从他们身边飞驰而过,格里芬宣布,他最喜欢皮卡。一辆拖拉机拉着堆满稻草的平板车驶过,格里芬喊道:"快看!那个骑着机器的人在向我们挥手。快冲他挥手啊,自行车,挥挥手!"

自行车照做了。她真希望格里芬能安静下来,但她什么也没说。她替他感到难过。毕竟,他做幽灵的时间比他活着的时间要长将近十倍。她咬紧牙关,礼貌地听着他所说的每一句话,并尽可能地跟他解释现在的世界是什么样的。

路两边是苍翠的青山和拦着围栏的农场,牛群沐浴在阳光下,心满意足地吃着草。自行车骑着车子蹬上一座绿草如茵、牛羊成群的山丘,沿着另一侧山坡下山,接着又蹬上另一座绿草如茵、牛羊成群的山丘,再从另一侧下山。就这样,上山,下山,越过一座又一座山丘。格里芬不那么兴奋了,一样的旅程和风景让他安静了下来。自行车开始数有多少头牛,这样她就不会总想着身上这里酸那里疼了。"再数10头牛。"她发现她在跟自己的两条腿讨价还价,好说服它们继续蹬车,"再数10头牛,你们就可以休息啦。"

等数到600头牛的时候,自行车一下都没再多蹬。她让车子溜到一个被风吹倒了一半的红色谷仓那儿,然后哼哼唧唧地下了车。然后,她在谷仓旁边一块远离马路的平地上安营扎寨,把雨披的一头儿系在一根破旧的木栅栏杆上,另一头儿系在哐当身上。

自行车坐下来吃了点儿东西,这时格里芬开口了:"你真厉害!我从没见过哪个女孩能骑得这么远、这么快。这可比走路强多了!"

"是的,但我应该骑得更快些,"自行车灰心丧气地说,"今天没骑到80公里。"昨天她还觉得逃离友谊工厂的大巴似乎是一个勇敢的好主意。可到了今天,深深的疑虑把她想要与兹比格交朋友的计划戳得四处都是洞。世界上最伟大的自行车手怎么可能和一个只连续骑行了两天就哼哼唧唧的女孩成为朋友呢?

她努力想甩掉疼痛。明天又是新的一天,她想。也许长途骑行的第二天总是最难的。

可是,与第三天相比,第二天已经算是和风细雨了。第三天早上,太阳出来了,自行车又骑上了哐当,她的双手双脚,特别是屁股,都不愿意再出力。她感觉哪怕再活上一百五十年,腿上的肌肉也会一直这样酸痛。她不再望向周围绿草如茵、牛羊成群的山丘,而是把注意力集中在她眼前的这条灰色小路上。她蹬左脚

踏板,吱呀两声,蹬右脚踏板,哼唧两声。蹬蹬蹬,吱呀吱呀,哼唧哼唧。是哐当太小太旧了,不适合跑远路吗?还是她自己年龄太小,不适合跑远路呢?

自行车骑过第一个城镇,她很想在一家便利店门口停下来喘口气,但她坚持骑到一家银行。银行外面挂了个大钟,她看到是八点零几分。她不确定华盛顿特区以外的地方是不是在放春假,所以她觉得最好还是等到正常的上学时间再停下来,这样别人会以为她是骑车上学的本地孩子。于是自行车骑到下一家便利店门口时便停了下来。

店里的旋转架上摆着很多明信片,一张10美分。自行车看了看,大部分是教堂和旧砖房的照片,看着不是很清楚。她挑了一张印着历史建筑物的明信片,上面写着:**1873年我的姐姐在这里喝过汤**。货架上的糖果棒吸引了她的目光。她郑重其事地告诫自己,每天只能花2美元。她想好了,要先仔细阅读每根糖果棒的营养成分表,再决定买哪一根。她找了找,然后挑了一根营养成分最多、热量最高的糖果棒。

还没走出店门,自行车就迫不及待地撕开了糖果棒的包装纸。她咬了一口糖果,闭上眼睛,满嘴都是巧克力、焦糖、牛轧糖和花生的美妙甜香,真是太幸福了。她鼓起勇气跨上车,又开始蹬了起来。她一只手扶住车把,另一只手举着糖果棒边骑边吃。

这是她吃过的最可口的早餐。

格里芬开口了:"我会唱很多好听的旅行歌曲。你想听吗?"

她又咬了一口糖果。"嗯……我也不知道。"她说。这不是实话。她其实知道。她想要清净,不被打扰,但她也不想表现得太没礼貌。

"放心,这不麻烦!"格里芬开始唱起来,"我来自阿拉巴马,带着心爱的五弦琴……"他的声音似乎在沿着车把往下走,在哐当的钢架上回荡,这让他的歌声听着更响亮、更有穿透力了。

"我知道那首歌。"自行车忍不住笑了出来。居然跟一个幽灵听过同一首歌?她觉得很惊讶。吃完糖果棒,她也跟着唱了起来,但她每唱一句都要喘口气。"哦,苏珊娜。哦,你别为我哭泣。我来自阿拉巴马,带着心爱的五弦琴……"这首歌似乎能帮着她说服身上的肌肉坚持下去。格里芬一直在唱,自行车也找到了节奏,她跟着歌曲的节奏蹬着脚踏板。

就在太阳快要落山时,自行车终于骑到了今天的80公里,她停下来松了口气。她推着哐当爬上了一个草坡,打算在一棵高大的橡树下过夜,她注意到远处愈来愈暗的地平线上有灯光在闪烁。她观察了一会儿,发现那是汽车电影院的银幕。自行车突然很想家。她不知道几静修道院的修士们是不是正在看克林特·伊斯特伍德主演的电影。她也不知道旺达修女和修士们会不会

想念她。她卸下行李,心里非常自责。这跟在修道院附近的街区骑车完全不一样。谁知道骑 130 公里会比骑 1 公里难 130 倍呢?

格里芬兴致不减地继续哼着歌,自行车看了看车把,发现自己心里其实很感激能有这样令人心情愉快的旅伴。她用雨披搭好帐篷,铺好毯子,然后掏出笔给修道院写了一张明信片。

在弗吉尼亚州的某棵大树底下

亲爱的旺达修女和几静修道院的修士们,我很好。请不要为我担心。哐当表现得很好,一直载着我前行。你们知道弗吉尼亚州至少有 947 头牛吗?我一直在数这里有多少头牛。

自行车

她本来想着要再添上一句话,告诉他们自己遇上了一个叫格里芬的幽灵——他在战争中死去,她要带着他一起去密苏里州,找一家油炸馅儿饼店。但后来她想想还是算了。旺达修女看了说不定会打电话给弗吉尼亚州的警察,让警察找到她,把她拖回修道院。不过她添了一句附言,她觉得这样能让旺达修女放心——

还有,你教给我的知识都派上了用场,从礼仪到地理,而且，每天晚上我都会问自己："我从中学到了什么？"

她打算看到邮箱就把明信片寄出去。

第四天早上阳光依然明媚，自行车艰难地骑行在一段陡坡上。在修道院时，她不太在意骑行的速度，可在漫长的乡村公路上跋涉时，她在心里会不断地嘀咕：我的速度够不够快，能不能及时赶到加利福尼亚州？还有多远才到？我什么时候可以停下来吃点儿东西？她想让自己放宽心，于是告诉自己平均每小时能骑16公里，这样能很容易地算出今天还要骑多远。但现在她的速度似乎只比一只上了年纪的树懒快一点儿，甚至追不上一只慢吞吞的乌龟。

一只黑黄相间的蝴蝶在她身边飞来飞去。她出神地看着那只美丽的蝴蝶，发现它飞得比她骑得还快。它很快就超过了她，匆匆飞走了。"慢点儿，虫子！"她喊道，"怎么这么难？！"

格里芬问："本来是不是不该这么难？也许这辆旧车子哪里出了问题。昨天它确实掉了几颗螺丝，但我不知道到底是哪里松了。"自从住进哐当的车把后，他变得很擅长检查车子的问题，从内到外地检查，比如轮胎是不是瘪了、刹车有没有松……

"我感觉就像拖着一只死河马上山！"自行车不耐烦地说。她发现自己变得很烦躁。"到底怎么回事？这辆车我已经骑了很

多年了。我以为自己已经做好了一切准备。电影里的越野自行车赛看着多容易啊。"她明知道自己在发牢骚,却又停不下来。"我的地图是平的,可为什么这些路都是高高低低的呢?就不能绕过这些山吗?非要上上下下吗?这不公平!"

"好吧,公平也不公平,"格里芬喃喃自语,"依我看,今天天气真不错,格外晴朗。我不知道你的地图上都标了些什么,但别管地图了,你看阳光多好,风景多美,我们多幸运啊!我们可以无拘无束地往前走。风吹过辐条,阳光掠过后背……"

"你觉得无拘无束,是因为我的腿在带着你走!我的腿已经受够了这些山坡!"自行车喊道。她忍不住爆发了。车子突然转了个弯,撞到了路边的木质边框标志牌上。她从车上摔了下来,在草地上躺了一会儿,感觉昏昏沉沉的。

突然,自行车的眼前出现了一个身穿运动衫的白发女人,运动衫上印着"没有我不喜欢吃的蛋糕"。白发女人关切地低头看着她:"你没事吧?摔得可不轻啊!"她拿出一个纸杯,里面装的不知道是什么。"来,喝了吧,也许它对你有帮助。"

自行车起身接过杯子,说了声"谢谢",先抿了一小口,然后喝了个干净。与她水壶里塑料味的水相比,能有冰柠檬水换换口味可真不错。"非常感谢,"她说,"对不起,我撞了你的牌子,牌子上写着'饼干女士之家',你是饼干女士吗?"

"正是。别管那个牌子啦。你又不是第一个在我家前院摔倒的骑手。骑车上山多不容易啊。"饼干女士伸出手,"不如到走廊上坐坐,吃几块饼干,等不喘了再走?"

这一刻,自行车想不出世界上还有什么更美妙的话。她让饼干女士把她扶起来,然后跟着她走了几步来到走廊。走廊两边装着大大的落地窗,贴着彩色的墙纸。桌上摆放着一包包奥利奥饼干、尼拉迷你香草小圆饼干、趣多多、无花果酥、奶油饼干、夹心饼干、软饼干、巧克力蘸酱饼干,还有一些奇怪的撒满糖粉的小脆皮饼干。自行车往嘴里塞了三块奥利奥饼干,脸红了。她觉得自己很没礼貌,但饼干女士笑了,又递给她一块奥利奥饼干。

"别客气,孩子。你是跟学校社团的同学一起骑车来的吗?"

自行车两口吃完饼干,摇了摇头说:"我在家上学。"以前在华盛顿特区,要是有好奇的人问起为什么别的孩子都去上学了,而自行车却能在外面溜达,旺达修女通常也是这么回答。

"啊,那你的家人呢?"饼干女士问。

"还在后面呢。"自行车指着走廊外面。她不喜欢撒谎,但依她看,她说的也差不多是事实。

饼干女士点点头,然后拿了几根葡萄干燕麦棒,走到附近的一张摇椅上坐了下来。自行车吃了一把花生夹心饼干和几块趣多多。俩人一声不吭地吃着。

等自行车把满嘴的饼干咽得差不多了,她对饼干女士说:"真谢谢你。我从没见过这么多饼干,也不知道自己这么想吃饼干。"自行车微微打了个嗝儿,嘴巴里全是巧克力味。她捂住嘴说:"不好意思。"车子撞到标志牌时她正冲着格里芬大喊大叫,所以饼干女士一定以为她是冲着她的车大喊大叫。她觉得自己有必要解释一下:"我今天心情很不好。骑车爬坡比我想得要难。"

"我听到了,但你应该振作起来。会好起来的,而且这也值得你努力。"饼干女士指着走廊后面的墙,"很多人都这么跟我说。他们有的跟你差不多大,有的比你大几十岁。"

自行车发现,那面墙上贴的不是五颜六色的墙纸,而是一层又一层风景明信片,有的是写了字的那一面朝外,有的是风景图片那一面朝外。这些风景有岩石,有巨大的桥梁,也有白雪皑皑的山峰和蓝色的海洋。她看了看其中一张明信片:亲爱的饼干女士,我们今天到达了俄勒冈州。这儿真是太美了!再次感谢你的燕麦饼干。我经常想起它们。爱你的,阿比盖尔。它下面的一张明信片是用越南语写的。另一张上写着:终于到了加州!我很高兴。饼干万岁!

"这些人都是骑着自行车到达西海岸的?"自行车问道。

"是呀,但大家的目标不一样。"饼干女士说,"有些人想骑车穿越弗吉尼亚州,从西部出发往东走。有些人从南美洲骑到这里,准备向阿拉斯加州进发。但大多数人都完成了自己设定的目标。"她又给自行车倒了一杯冰柠檬水。"你要去哪儿？"

"去旧金山。"自行车说。

"好,我要把之前给别人提的小建议也告诉你——如果你觉得自己可能会半途而废,那不如先下车吃点儿饼干,认真考虑一下。你能答应我吗？"

自行车接过冰柠檬水,把最后一口饼干冲进肚子里。现在,她吃了巧克力饼干、花生夹心饼干,还有奥利奥饼干,等等,感觉好多了。她甚至觉得自己精力充沛,可以再次面对骑车爬坡这件事了。"好的,我保证。一定要先吃点儿饼干,再决定放不放弃希望。"她把杯子放了回去,站起身说。

"嗯,那好。"饼干女士说。她看起来很满意,好像自行车一定会坚持到她想去的地方。"到了旧金山记得给我寄张明信片。地址是弗吉尼亚州阿夫顿山,饼干女士收。我会等着它的！"她从摇椅上站起来,打开纱门。

"我会的,"自行车说,"我会署名'你用饼干和冰柠檬水救下的女孩'。"她挥了挥手走出门。"再次感谢！"她知道她已经感谢了三次,但她必须再说一次。

自行车骑上哐当,蹬着脚踏板出发了。当她把饼干女士的家远远地甩在身后,确信饼干女士看不到她了,她低声对格里芬说：

55

"嘿,你没走吧,格里芬?"

没人回答。

"格里芬,听着,我很抱歉。我知道我不应该冲你大喊大叫。你知道,我不太会跟人相处。以前从来没人跟我说过这么多话,起码没人跟我说上一整天的话。"

还是没人回答,但她觉得格里芬在听。"我没怎么出过门,你知道的。关于这次骑行,我以为自己已经做足了功课,可一切都区别那么……大。有那么多坡,还那么陡!看蓝岭山脉的地图跟骑车在蓝岭山脉间爬上爬下,这区别可太大了!"她试探着拍了拍车把,"我会尽量忍住不吼不叫的——我是认真的。"

"你确定你是认真的?"格里芬终于开口了,"你把我撞到了标志牌上,而我只是想让你心情好一点儿。"

"我知道。对不起!"

格里芬又沉默了几秒钟,然后让步了。"啊,没关系。你想再听一首歌吗?"没等自行车回答,格里芬就扯开嗓子唱了一首《康城赛马》。而她则沿着山路,继续气喘吁吁地蹬着车。

那天晚上,自行车蜷缩在雨披支起的帐篷里,手电筒照亮了周围带着凉意的黑暗,她在她的小笔记本上写了些东西。她想:每天记录下日期以及她已经骑了多远,也许能帮助她那颗爱嘀咕的心冷静下来。自行车把这几天的骑行里程数加了起来,确认自己已经骑了差不多 320 公里,她笑了。她又算了算还有多少公里的路要走,吓得她赶紧停笔。她把笔记本塞回背包里,拿出那本《车轮的智慧:伟大的自行车运动员的伟大思想》。这本书里有很多成功的自行车赛车手的名言和建议,很多是兹比格说过的话。自行车随手翻了几页,兹比格的一段话吸引了她的注意——

大多数热爱自行车的人也热爱美食。事实上,我认识的许多赛车手之所以会从事这项运动,是因为他们能想吃什么就吃什么,什么时候高兴就什么时候吃,同时也不会发胖。有时,正在比赛的赛车手也会忍不住中途停下,在路边的餐馆吃顿饭,喝瓶酒。每个人都大快朵颐,好像长了两三个胃。烤牛肉、意大利面、巧克力蛋糕……各种美食让人目不暇接。有时,我自己也会停下来跟他们一起吃。不过,无论我们吃了多少烤牛肉,我们都能保持健康苗条的身材和一流的速度。我想这是因为当你骑着车在路上飞驰时,卡路里很难追上你吧。

自行车拍了拍自己的肚子。虽然饼干在几公里前就被消化掉了,但那令人回味的甜香仍然让她充满希望。她又给修道院写了一张明信片,在上面画了一盘奥利奥饼干,写上:**饼干万岁!** 她敢肯定,奥托修士明白她的意思。

7.
肯塔基州路遇恶狗

自行车想了一个新点子,她决定不再记录还有多少路要走,而是记下她遇到的人的名字和她觉得有趣的标志牌,比如:旅馆,提供食宿,当心猫在睡觉,当心珍禽异兽。她把格里芬教她唱的一些歌也记了下来。每到一个城镇,她会用这个城镇名字中的字母拼出一个新词,比如夏洛茨维尔(Charlottesville)中的字母可以拼出 sailor(水手),罗诺克(Roanoke)可以拼出 nook(僻静处)。

到了第七天,她开始记录她看到了多少骑行的人,有多少人向她挥手致意、大声问候,有多少人像是陶醉在自己的小世界里。她看到穿着校服、背着荧光色书包的孩子,把宝宝放在前置座椅上的妈妈,穿着破旧衣服、骑着像哐当一样的旧自行车的人,还有穿着漂亮又合身的骑行服的男男女女。大多数人都会默默地朝她挥手或微笑。她觉得自己是一个秘密团体的会员,哪怕一句话也不说,他们也能互相理解。而哐当的两个轮子就是她的会员卡。

她把她吃到的所有东西也记了下来,还有她希望自己能吃到的东西。到了第十天,自行车发现她带的食物撑不了那么久了,于是她对陌生人的慷慨表示感谢。早上她在农场摊位和乡村店铺停下来装水时,农民还有正在买东西的人有时会给她一些零食和水果,她主动提出要付钱,但对方总是挥手作罢。偶尔有人会用奇怪的目光看着她那鼓鼓囊囊的背包,问她是不是骑车去学校。她知道,自己穿着普通的衣服,骑着旧自行车,看起来就像个普通孩子,所以每当有人这样问时,她总是避而不答,抬起手往后一挥,把之前对饼干女士说的话再重复一遍——她在家上学,她的家人"就跟在后面",接着对他们给自己零食和水果表示深深的谢意。

从第十一天开始,自行车骑哐当时就感觉不到丝毫酸痛了,她的肌肉不再像以前那样"抱怨"个不停。不知道什么时候,匀速的骑行已经让她变得更加强健坚忍。不过她仍然希望修路的人能绕过一座座山,别把路直接铺在陡峭的山坡上。

自行车蹬着脚踏板,对自己身体的变化感到惊叹。她看到前方远处有一个蓝白色的大标志牌,便跃跃欲试,准备朝那个大

标志牌发起冲刺。她踩着脚踏板站了起来,一路狂奔。格里芬为她呐喊助威,就像是她的专属啦啦队。"好了,到终点了,获胜者是……自行车领先一个鼻子获胜!"格里芬喊道。

她在标志牌处刹住车,高兴地吹了声口哨儿。"格里芬,我们真的上路了。"

"比平时骑得远?"

"看那个标志。"

她静静地等着。格里芬慢条斯理地、大声地读着标志牌上的那行字:"欢迎来到肯塔基州,蓝草之州。"他也吹起了口哨儿。"好吧,再见了,弗吉尼亚州。你好,肯塔基州!"

"还有八个州呢。"自行车说。穿过州界让她高兴得发抖。她路过加油站停了下来,买了一张明信片,上面印着飞驰的马匹。在弗吉尼亚州,她每隔一天都会给修道院寄一张明信片,雷打不动。她真的很想告诉旺达修女和修士们,她骑车穿越了一整个州。

肯塔基州线

亲爱的旺达修女和几静修道院的修士们,我已经到了蓝草之州!一路上我碰到的都是好人。人们按着汽车喇叭,从车窗里探出头大喊:"你先走,姑娘!"一位在义卖的女士拦住我,给了我两整块水果蛋糕。放心吧,我跟他们说了"谢谢"。还有我每天睡前都刷牙了。

自行车

在肯塔基州骑行给自行车带来了新的挑战：与运煤的卡车在同一条路上齐头并进。只要听到身后传来隆隆声，她就知道有一辆超大的卡车要赶上来了。她会把哐当骑到道路最边上，紧握住车把，直到卡车超过他们。格里芬会一遍又一遍地大呼小叫："啊，好大呀！"但在遇到了几辆运煤卡车之后，他宣布，虽然卡车确实令他惊叹，但比起发动机的轰鸣声，他更喜欢自行车车轮发出的柔和的嗡嗡声。

自行车先是在她的笔记本上记录了运煤卡车的数量，后来又把它画掉，改为记录野花的颜色。在正值五月的蓝草之州，虽然她没找到蓝草，但粉红色的忍冬花、白色的玉兰和紫色的紫罗兰弥补了她心中的遗憾。

五月第一个星期六的下午，她和格里芬发现骑的这段路特别奇怪。沥青路面上散落着几十只运动鞋。当她骑车穿过这些鞋时，她注意到，每只鞋都不一样。他们已经在肯塔基州骑了一半多的路程，之前从未遇到过这样的事情。她问格里芬这是怎么回事，格里芬说："我哪里知道！"

自行车来到一个转弯处，看到前面有一个邮箱，上面画着一

只狗的脸。一条S形的土路通向几个谷仓和一间破旧的农舍,农舍四周是一圈走廊。她决定过去问一下,看能不能给水壶灌满水。到目前为止,每次她停下来要水时,不仅从没有农民拒绝过她,而且还会送她一些树莓或者萝卜。"看那个可爱的小狗邮箱!我停下来喝点儿水,顺便问问他们知不知道路上的运动鞋是怎么回事。"她对格里芬说。

离邮箱越来越近了,她发现有棵枯树干上钉了块已经褪色的标志牌。她放慢脚步,眯着眼睛看上面写了些什么——**不欢迎访客**。前面一棵树上也钉了块标志牌,上面写着——**已经说过了,我们不欢迎访客**。"好吧,我明白了。"自行车小声说,"无论什么原因,我们都不会在这儿逗留。"她经过邮箱,看到一个大块头的男人和一个不太好看的女人坐在门廊那儿。他们无精打采地坐在两张摇椅上,并排摇晃着。自行车蹬着车,举起一只手,向他们挥手,但他们没理她。她正准备对格里芬说些什么,忽然听到了一个声音,让她的五脏六腑一下子变成了冰冰凉的果冻。那是一声吼叫。不,是三声吼叫——低沉,来势汹汹,而且近在咫尺。

她瞥见三个毛茸茸的身影穿过农田,向她猛冲过来。是三只恶狗!它们跑得飞快。直觉告诉她,如果她还想完成剩下的骑行,她最好赶紧骑车离开。她踩着脚踏板站了起来,拼命地蹬着。"格里芬,我们必须马上离开这儿!"她大叫着,沿着土路往前冲去,想甩掉那些狗。

"等一下!"格里芬大喊着,但自行车慌里慌张地蹬着脚踏板,一个字也没听进去。

自行车一路狂奔,边骑边躲开那些散落的运动鞋,但那些狗离她越来越近了。它们兴奋地吠着,声音高亢。自行车觉得这几只狗欣喜若狂,因为它们的午餐终于有着落了。她拼命地从身体里挖掘出更多的能量,踩得更快了。在下一个岔路口,她来了个急转弯,骑到了一片网状的土路上。那些狗已经很近了,她能听到它们的爪子在土里刨来刨去的声音,她几乎能感觉到它们在她脚后跟处呼出的热气。她突然很肯定,路上散落的那些运动鞋,全都是这几只狗捣的鬼。它们要么把那些试图逃跑的人的鞋子扯掉了,要么就是把那些闯入它们领地的倒霉蛋吓得连鞋子都顾不上捡。

格里芬还在喊:"等等,自行车,停一下!相信我!等一下!"

"不可能,格里芬!我可不想我的脚跟腿分家!"自行车觉得自己的肺很灼热,每次吸气都很疼,但她仍然拼命蹬着。车头一会儿往左,一会儿往右,最后在拐弯处冲了出去。她松开车把,从车上栽了下来,重重地摔在路上。

那三只狗从拐弯处狂奔过来。就在它们毛茸茸的脸出现在自行车眼前时,格里芬用命令式的声音吼道:"坐下!"瞬间,周围

的一切似乎都静止了。

那两只黑褐色的大杂种狗和一只灰色的牧羊犬一脸惊恐。它们停下来赶紧坐好,慌忙之中后爪撞到了前爪。

格里芬吼道:"不许动!"

那三只狗一动也不敢动。

"好狗!晃一晃!"

三只狗互相看了看,似乎在问:"跟着自行车摇晃吗?"每只狗都举起爪子,朝哐当的车架伸去。

"打滚儿!"格里芬接着命令道。

三只狗在泥土中来回翻滚着。

"跳舞!"

三只狗用后腿站起来,来回晃动着身体。

自行车很想张嘴大笑,但她刚刚急着逃命,现在还上气不接下气呢。

"好孩子。"格里芬表扬道。三只狗粉红色的长舌头耷拉在嘴巴外面。

"回家去吧!"这三只狗听到格里芬的指令,互相看了看,又抖了抖皮毛上的泥土,掉头向它们来时的方向跑去。

格里芬等了一两分钟,然后恢复了平常的声音:"我想它们不会再回来了。"

自行车过去把哐当扶起来,抱住车把:"格里芬,幸亏有你我才化险为夷!这太不可思议了!你是怎么做到的?"

车把有点儿烫,格里芬好像脸红了。"嘿,我从记事起就在训练小狗。我了解狗,如果你能坚定地告诉它应该怎么做,即使是最凶恶的狗也会乖乖听话。没有哪只狗天生就是坏蛋。它们只知道,主人怎么命令,它们就得怎么行事。"

"哦。"自行车小声说。她一边思考着这个问题,一边把哐当的脚撑放下来,然后更小声地问:"为什么有人要教它们攻击骑行的人?什么样的狗主人会这么干?"

"我想不出来,自行车。有些人确实坏透了。一想到这儿我心里就不痛快,但事实就是如此。"

自行车坐到地上,突然害怕起来。"我……想……我的……修道院。"她说着,泪水夺眶而出。"万一……"她用袖子擦了擦鼻子,"万一下一个农场有比狗更可怕的东西怎么办?比如会攻击人的狼獾、宠物灰熊,或者机器人鲨鱼,要是有人派它们把骑行的女孩啃个稀巴烂,那该怎么办?"

"自行车,"格里芬说,"如果你老是想着有些人是多么可怕,那你什么事也做不了。既然害怕,那干脆天天都待在家里,躲在床底下得了。你得明白,走了这么远,这是第一次有东西想咬你。想想你一路上遇到的那些善良的人吧,想想一直以来你是多么幸

运,你就会忘记那些使唤狗咬人的坏家伙。听我说,这样的人根本不足挂齿,你也没必要因为这种人半途而废,绝不能!"

自行车用另一只袖子擦了擦脸。"我们今天确实骑到了1500公里大关。"她声音颤抖着说。昨晚她在本子上算过了。

"那是努力和好运气的结果,还有香喷喷的饼干!赶紧想想,这算不算幸运?"格里芬说。

"我在一座教堂吃了自助早餐,他们都不肯收我的钱。"自行车说,"还有位女士说我看起来像骑着车的天使。"

"别忘了那天我们醒来时,鹿妈妈和鹿宝宝就在我们身边吃草。"格里芬补充道。

"还有,似乎只有天不冷的时候才会下雨。"自行车又说。

"知道了吧,虽然遇到了几只恶狗,但幸运之神总是会眷顾我们的。"

自行车坐在那儿,数着一路上遇到的好人,心情慢慢好了起来。她四下看了看。"我们现在在哪儿?"她边问边从塑料袋里拿出地图。

格里芬回答:"刚刚急着逃命,我没太注意方向,不过我想我们本来走的路应该在右手边。下一个转弯处往右拐,看看会到哪儿吧。怎么会迷路呢?"

8.
风驰电掣的食人魔

　　三个小时过去了,自行车也不知道自己骑了多少公里,她重复着格里芬的话:"怎么会迷路呢?"他们已经回到了公路上,把土路甩在了身后。在肯塔基州,他们看到了不少城镇,可自行车带来的地图上居然一个也没标注。她朝过路的汽车挥旗子,但一辆车也没停下。五点钟左右,自行车听到远处传来一阵喧闹声,于是她掉头往那个方向骑,希望能打听到自己具体在什么方位。

　　没过多久,她就看到了一大群人。自行车想过去问问路,可不管问谁,他们都匆匆忙忙的,没人顾得上她。过了几分钟,她决定还是不问了,干脆跟着大家一起走吧。

　　她下车跟着人流穿过一个停车场,来到一个围场里,那里正

在举行一场盛大的聚会。一支铜管乐队正在演奏。妇女们头上戴着帽子,那是她见过的最叫人匪夷所思的帽子:大得离谱儿,比她们的头大好几倍,有些装饰着鸵鸟羽毛,有些装饰着丝带或面纱,闪闪发光,色彩艳丽。男人们一边数着一沓沓厚厚的钞票,一边在光亮亮的小册子上记录着什么。自行车喃喃自语:"我们到底在哪儿?"

一个男孩听到后回答:"你在丘吉尔唐斯赛马场。今天是肯塔基州赛马会。这还用问?这可是地球上最著名的赛马会!你以为你在哪儿呢?"这个男孩看上去比自行车年纪小。

肯塔基州赛马会?这个名字听起来很耳熟。自行车很肯定,旺达修女曾提到过肯塔基州赛马会。当时她们在数学课上学到了一个单元,比较了不同物种的平均速度。她记得马比人跑得快得多,而猎豹跑得比人和马都快,但她不记得赛马会是在哪个城市举办的。她本想问那个男孩,但他盯着她的样子就好像她是他见过的最愚蠢的人。于是她脸颊通红地转过身,推着哐当走了。

她靠在绿草茵茵的围场栅栏上,想弄清楚自己到底在什么地方。"格里芬,你要是看到指示标志牌,记得一定要告诉我。"她嘱咐道。

"除了华丽的衣服和裤子,我什么也看不到。"格里芬说。

人群在他们周围挤得更紧了,大家满怀期待地望着远处走来的一排马匹,它们嘚嘚嘚地走进了围场。自行车也转过身来望着它们。

这些马看着高大挺拔、姿态优美。每匹马都披着不同颜色的马鞍毯,上面有一个大大的白色数字。每匹马都由一名驯马师牵着,他们围裙上的数字跟马鞍毯上的数字一致。1号和2号马的皮毛是深棕色的,很有光泽。3号马的颜色就像布满乌云的天空。4号马块头很大,皮毛是午夜黑色的,走起路来一副趾高气扬的样子。它差不多是在拽着驯马师往前走,接着它的目光落在自行车和哐当身上。

这匹黑马呼哧呼哧地喘着粗气,后腿直立起来,浑身的肌肉一起一伏的。人群惊呼起来。女士们紧紧抓住她们花哨的帽子,男人们忙着在本子上又记了些什么。4号马的驯马师拉住缰绳,拍了拍马脖子,想让它安静下来。但这匹马翻着白眼,露出黑色瞳孔周围的白色。它把驯马师拖到栅栏边,把头靠在栅栏上,冲着自行车的头呼着热气。她抬头看着它,而它对着自行车呜呜地哀鸣着。如果它是一匹斑马,自行车会很紧张,但现在她更多的是感到惊讶。最后有三个人过来帮那名驯马师,他们把那匹马从栅栏那儿拉走,拉回了马群。

又有十几匹马加入了游行队伍。一个穿着红色大衣的号手吹了一首短乐,然后驯马师们跨上了马背。大多数驯马师都很轻

松,但4号马的驯马师费了好大劲才控制住马匹——它得在围场内走上最后一圈。

游行队伍向一条被警戒线拦起来的小路前进。那匹大黑马不停地转身,盯着自行车和哐当,驯马师用缰绳拽着马鼻子往正确的方向走。当自行车周围的人开始齐声歌唱《我的肯塔基故乡》时,自行车被吓得不敢再看那匹马,她感到哐当的车把在震动,好像格里芬在跟着哼唱。当她回头望向小路时,所有的马都不见了。

站在围场周围的一大群人唱完了歌,渐渐散去。自行车往周围看了看,想找个面善的人问路,她可不想再问那个目中无人的男孩了。突然,一个女人跑了过来,她头上戴的帽子最为夸张,就像一只栩栩如生、洁白无瑕的天鹅。这顶天鹅帽上面居然还有一顶小小的、贴满了亮片的天鹅形帽子。

"哦,亲爱的,亲爱的,你得帮帮我们!"女人上气不接下气地大喊道,两只手紧紧拽住自行车的胳膊,"是食人魔!它疯了,你必须帮帮我们!"

"谁疯了?食人魔?"自行车把女人的手从胳膊上甩开,"需要帮助的话我自然会听你说,但你说的话我根本听不懂。"几静修道院的修士们听到她这么说话一定会很吃惊——修道院的每一个人都要学会耐心地听别人说话,不管他们说得有没有道理。但自行车不喜欢别人把她拉扯来拉扯去的。

这个女人用手扇着风，发出痛苦的喘息声。她那顶天鹅帽往脑袋一边滑去。"哎呀，哎呀，没时间解释了。食人魔刚刚看到了你的车子，正发疯呢。它怎么也不肯往大门那边走。这样下去我们一定会输掉比赛的！"

她又想拉着自行车一起走，但自行车抓紧车把，一动没动。

这个女人放开自行车，把天鹅帽戴好，然后深吸了一口气："我很抱歉，可我们辛苦攒下来的每一分钱都押在了食人魔身上，我们指望它能拿冠军呢，在没看到你和你的车子之前，它准会赢。我们买它的时候，饲养员就警告过我们，食人魔看到自行车就会举止异常。它在法国长大，就在环法自行车赛的赛道旁边长大。你知道的吧，环法自行车赛，赛车手们连着骑上几周，骑好多好多公里。"

自行车点了点头。她确实很了解环法自行车赛。她那些自行车杂志每年报道的最重要的赛事就是环法自行车赛。兹比格第一次参赛就得了冠军。

女人继续说道："它小的时候，每当有环法自行车赛的选手经过时，它都会沿着栅栏奔跑，大概以为自己也在比赛呢。我不知道它是怎么了，自从它看到你之后，似乎就失去了理智。你能跟我过去看看吗？我想如果它看到你和你的车子就在附近，也许会安静下来。我只能想到这个法子了！"她垂头丧气地晃着双手。

"好吗？我求你了！"

这个女人看着是那么焦急苦恼，自行车不能就这么袖手旁观。而且，她提到了环法自行车赛，自行车对这个话题很感兴趣。"好吧，好吧。"自行车说，"我们要去哪儿？"

女人如释重负地嚷了一声，然后抓住自行车的胳膊，领着她和哐当走过一扇侧门，穿过地下隧道。从地下隧道的另一边出来后，他们站在一块巨大的圆形草坪上，草坪位于大型赛马场的正中央。他们身后是一条白色栏杆，栏杆另一侧是起跑闸门后面的区域，马匹和驯马师们正在来回打着转。

一阵刺耳嘹亮的铜号声划破空气。穿着白色制服的人引导着马匹进入起跑闸门处的马厩。自行车见食人魔后腿站立，前腿腾空踢打着，呼哧呼哧地喘着气，而坐在马鞍上的驯马师正在竭力保持平衡。

女人把戴着蕾丝手套的手放到嘴边，吹了一声刺耳的口哨儿。只见食人魔朝着声音的方向看去，看见哐当，它的蹄子也随即落回了地上。它一路小跑来到栏杆前，冲着哐当来回噘嘴。女人说："我猜它想碰碰你的车子，亲爱的，如果你不介意的话。"

自行车把哐当推到栏杆前，食人魔探头去够车把。它用鼻子蹭了蹭车把手，发出满足的咕噜声。戴天鹅帽的女人抚摸着它的额头，小声鼓励它。马背上的驯马师冲自行车扬起眉毛。自行车耸了耸肩,似乎在说:"我不知道这是怎么回事。"

一位工作人员走过来对那个女人说:"安娜贝尔小姐,我们现在得让马匹走进去。如果食人魔不肯的话,我们就得把它从比赛名单中去掉。"

安娜贝尔小姐点了点头。食人魔现在平静多了,心甘情愿地让驯马师领着它向起跑闸门走去。安娜贝尔小姐俯下身,在自行车的耳边大声说:"等它一出闸门,我们就把车子骑到终点那儿。它从这边的赛道能看到车子,希望它能开足马力,发起冲刺。"

他们一直等到所有的马都在起跑闸门站好。铃声响起,闸门打开,马匹们铆足了劲撒腿狂奔,就像奔腾的巨浪。

"它们出发了!"播报员叫道。安娜贝尔小姐和自行车一起跑进隧道,又跑上地面,跑到上方有一个金球的白色杆子附近,这是赛马终点线的标志。

安娜贝尔小姐看着赛道上的马匹你追我赶,她紧紧抓住天鹅帽,哀号道:"哦不,哦不,哦不!"

食人魔已经跑过了第一段赛道,但它被大部队远远地甩在后面。它的头一会儿往这边扭,一会儿往那边扭。其他马匹都专心致志地沿着内圈赛道飞速奔跑,只有它斜穿过赛道。看到这匹马输得如此惨烈,观众们纷纷长吁短叹,表示惋惜。

播报员喊道:"'老约翰尼'开局领先,紧随其后的是'詹西'

73

和'大米格'。内侧赛道上,'永远是亚军'正在前进,与'雅克大师'并驾齐驱,它们身后是'抱抱'、'獾伯纳德'、'弗洛米'和获胜希望渺茫的'红灯笼'。"进入非终点直赛道时,最被看好的食人魔落后其他马匹二十多个身位。

"食人魔你现在不能放弃!"安娜贝尔小姐喊道。她把手指放在嘴边,又吹响了刺耳的口哨儿。尽管食人魔在赛道的那一头儿,可它还是猛地注意到了他们,向他们望去。自行车觉得,当食人魔瞥见哐当时,它的眼睛瞬间亮了。这匹高大的马低下头,沿着赛道往前冲去。

"'老约翰尼'和'詹西'现在并驾齐驱,处于领先位置。'大米格'在往后退,'抱抱'在往前追……等等,等一下!"播报员叫道,"'食人魔'追上来了!它已经赶上了大部队,毫不客气地把一些马甩在身后。它们来到最后一段直赛道,'食人魔'正在从外围超过'獾伯纳德'和'雅克大师'。'永远是亚军'正试图抢先,但谁也阻挡不了势如破竹的'食人魔'!'抱抱'在最前面,'老约翰尼'和'詹西'已经落后了两个身位,'食人魔'紧跟在'抱抱'后面。它们进入了最后的冲刺阶段,'抱抱'和'食人魔'!'抱抱'和'食人魔'!到终点了,'食人魔'以微弱优势胜出!'食人魔'赢得了这场比赛!"看台上的人群站了起来,欢呼着,叫喊着,纷纷把门票和华丽的帽子抛到空中,天空中像是刮起了一场五颜六色的暴风雪。安娜贝尔小姐雀跃不已,天鹅帽上的羽毛都被她晃掉了。

大多数马匹冲过终点线时,会逐渐放慢速度,从冲刺减速为小跑,然后是慢步走。而食人魔却加快了速度,往外侧跑道跑去,眼睛盯着哐当。它跳过把跑道和观众席分隔开的栏杆,微微扭动身体,把目瞪口呆的驯马师从背上甩了下来,用牙齿咬住了哐当的车架。自行车想都没想就抓住了食人魔粗黑的鬃毛,用力攀上马鞍。食人魔、自行车和哐当穿过人群,飞驰而去,离开了丘吉尔唐斯赛马场。

9.
伊利诺伊州的法式大餐

虽然赛马刚结束,可食人魔还是有力气继续奔跑。自行车从没骑过马,她不知道怎样才能驾驭一匹马。她试着像海星一样紧紧贴在它背上,不过后来她发现抓紧马鞍前端,两腿弯曲踩住马镫更容易保持平衡。这可比骑自行车难多了,她想。骑马的人是怎么在马背上站起来的?没有刹车,也没有变速器。而马又怎么能忍受有人骑在自己背上呢?被人骑不说,还得让做什么就做什么,这多委屈啊。不知道哐当会不会觉得委屈呢?

食人魔载着他们狂奔了几条路,然后沿着一条土路往树林跑去。它的蹄子嗒嗒嗒跑得飞快,卷起阵阵尘土。小路把他们引向一条宽阔的河边,食人魔往左跑去,沿着河岸继续往前。

"食人魔?"自行车试探着问道,"呃,食人魔先生,先生!你能慢点儿吗?求你了!"食人魔浑身都是汗,呼吸听着也很粗重。不过它倒是放慢了脚步,小跑到河边一块平坦的沙地上,然后继续减速,沿着河边走了差不多一个小时。最后它停了下来,轻轻地把哐当放在地上,把嘴巴伸进水里,大口喝了起来。

自行车松开了原本死命抓着马鞍的双手。食人魔一直在喝水,看样子它要喝上一阵子。既然机会来了,那可不能放过,自行车赶紧从它的背上滑了下来。她的两条腿抽筋了,根本支撑不住身体,整个人栽倒在地上,就像一个过期的面包圈一样滚到了哐当旁边。食人魔转过身好奇地看着她。她就这样躺在地上,食人魔则转过头继续喝水。

"格里芬,你还在吗?你还好吗?"自行车朝着车把问。

"呜呜呜,"格里芬说,"我们本来已经够冒险了,天知道怎么又多了场冒险!"听起来他心情不错。

"哐当的车架还好吗?有凹陷或断裂吗?"自行车站起身,摸了摸哐当的上管,食人魔衔住的就是那儿。

"没有凹陷,没有断裂。那匹马衔着哐当,就像衔着一个小婴儿似的。我觉得它没什么恶意。"格里芬回答,"我看它是特别想逃离那群把帽子扔得满天都是的狂热观众,它的第一反应就是跟我们一起离开那儿。"

自行车把哐当的车架从头到尾摸了一遍,哪儿都好好的,对此她很满意。"嗯,你听到安娜贝尔小姐说的话了吧?它是在法国长大的,小时候它会跟自行车手比试谁跑得快,我看它是想家了。"当她说到"法国"这个词时,食人魔竖起了耳朵。自行车只会说几句简单的法语,她转过头,用法语对着食人魔说了一句:"你喜欢自行车吗?"这匹马摇晃着耳朵,扬起湿漉漉的嘴巴和鼻子。它看起来并不像一个真的食人魔。事实上,它似乎在笑。

格里芬发表了自己的意见:"我认为比起同类,这匹马更喜欢自行车。既然它不愿意,它的主人就不应该勉强它参加比赛。今天它向他们证明了,它是一匹自由的马。我们该怎么办?把它留在河边吗?"

自行车也不知道怎么处置一匹纯种赛马。"我们不希望它挨饿,也不希望它被美洲狮或者其他野兽吃掉。"自行车说。

食人魔饶有兴趣地看着她,又看看哐当,似乎觉得一辆会说话的自行车很有意思。

自行车于是直说道:"嗯,马儿,事情是这样的……我们迷路了,现在更是找不到方向。我们得离开肯塔基州,进入伊利诺伊州。"说着她打开地图开始研究起来。天色越来越暗。"我想,如果我们沿着河走,最终会回到大路上。太阳要下山了,今晚我们就在这儿扎营吧,躲到那边的树林里去。要是你愿意,明天早上你可以跟我们一起走。"

食人魔又来回晃了晃耳朵,然后低下头,把自行车脸颊上凌乱的头发拂开。自行车默认它是同意了,便在河边的一片草丛中安营扎寨,草丛四周是一片白桦树。

食人魔呜呜地叫着,不停地摇着头。

格里芬开口了:"嘴里有个马嚼子它可能不好受。把它头上和脖子上套的绳子解开,它会舒服得多。"

食人魔头不摇了,当自行车走近时,它低垂着脖子,站在那儿一动不动。自行车战战兢兢地伸手去解绳子。感到没束缚了,它又摇了摇头,辔头掉到了地上。

"我应该把马鞍也解开吗?"自行车问道。

"也解了吧。"格里芬很赞同。

"有一个听话的食人魔……那是谁啊?那就是你呀。"自行车一边轻声细语地说着,一边解开马鞍上的搭扣,而食人魔则耐心地等待着。她拽了拽马鞍上的毯子,整张毯子滑了下来,砰的一声掉在地上。食人魔转过身,高兴地冲自行车咧着嘴。她不知道它还有没有不舒服的地方,但现在它只顾着低头吃草。

"看来它打算待在这儿不走了,"自行车说,"我想我们又多了一个旅伴。"她拿起辔头,把它摆到马鞍和毯子上面。要是有人看到了这堆赛马用的行头,一定会很好奇它们怎么会在这里。想

到这儿，自行车心里挺得意。

"旅伴越多越好啊。"格里芬说，"嘿，你想听我唱《我的肯塔基故乡》吗？"自行车还没来得及回答，他就迫不及待地唱了起来。"哦，阳光明媚照耀肯塔基故乡……"

自行车、格里芬和食人魔继续沿着河边走了几天。天气温暖宜人，河边有一条平坦的土路，骑着一点儿也不费力，大家的心情都好极了。这匹马似乎特别喜欢听格里芬唱歌，每当他唱《她绕着山道而来》时，它就跟着节奏点头、打响鼻儿。

又一天快结束时，他们穿过了河上的一座金属桥。桥的一头儿竖着一块标志牌，标志牌上用大大的字写着：**草原之州欢迎你**——他们已经到了伊利诺伊州的州界。标志牌边上还有块小一些的牌子，上面用小一些的字写着：**欢迎来到伊利诺伊州的肖尼敦**。

自行车把哐当停在一棵树底下，坐下来摊开地图，她得弄清楚这是不是他们要走的方向。马上就要到五月中旬了，她不想计划有所延误。"嘿，多亏食人魔'劫持'了我们，"她对格里芬说，"我们才能回到原先计划好的路线。你看，Shawneetown（肖尼敦）这个地名里的字母能重新组成好多单词呢，比如sweet（甜蜜的）和sweat（汗水），还有……"她正准备告诉食人魔她还发现了oats（燕麦）这个单词，这时她听到路对面的小红房子里传来哭泣声。哭声越来越大,食人魔竖起了耳朵。一个短头发的年轻女人从门里冲出来,狼狈地倒在前面的台阶上。她身穿黑白格子裤、双排扣白色外套,系着围裙,戴着一顶干净整洁的白色厨师帽。"就这样吧!完了!全完了!"年轻女人说。

自行车听出来她有法国口音,显然,食人魔也发现了。那个女人蜷缩成一小团,来回摇晃着,看着很是可怜。食人魔一溜小跑到她身边,低下头用它的黑鼻子推了推她。女人抬起头来,对着天空喊道:"我的天哪!这个黑恶魔,黑恶魔,要把我吞掉!这也没什么不好啊!反正我活着也没什么意思!来吧,吃了我吧,恶魔!"

食人魔把头歪向一边,向自行车看去,希望她能帮帮它。

"打扰了,女士。"自行车把哐当推到路对面说,"它不是恶魔,它是一匹赛马。"

女人哭丧着脸看着她,一把鼻涕一把眼泪的。"一匹赛马?一匹马?"她看着食人魔,"啊,是的,你说得没错。好吧,要是你的马想把一位法国厨师当作大餐,我表示欢迎。"

"我很肯定,它不想吃法国厨师。"自行车说,"我看它是个素食主义者。"

女人的眼眶里又涌出泪水。"一个素食者?哈!我本可以给它做这样的美味,可现在呢,完了!彻底完了!"她摘下白色的

81

厨师帽,揩着脸上的眼泪。

显然,这个女人需要倾诉。自行车把地图塞回塑料袋,坐下来,用眼神告诉她"我在听"。

女人就像竹筒倒豆子般讲起了她的故事。"我是玛丽·佩蒂秋厨师,是佩蒂秋家族的一员。从古至今,我们家族就以擅长烹饪为荣。我是家族里第一个横跨大西洋、在美国开了多家连锁餐厅的人。上个月我们举行了盛大的开幕式,我觉得餐厅的生意一定会很红火。你看,我开的不是快餐店,卖的也不是那种人们没空儿细细品尝和回味的速食餐品。"她脸上露出厌恶的表情,"那叫什么食物?!所以我才开了很多家精致的餐厅。我给它们起名叫'慢生活餐厅',因为它们提供的是慢食,而不是速食。"

"至于我的厨师们,他们受过专业的培训,做菜快,上菜也很快,但是,"她竖起长满老茧的手指,"顾客必须慢慢享用食物。"她站了起来,把厨师帽压在胸前。"我把慢食作为礼物献给美国人,"说到这儿,她又崩溃了,倒在地上缩成一团,"可最后却无人问津。商业顾问告诉我,这是因为我不肯开设不下车服务窗口。可笑!"她皱了皱眉头。"我决不允许任何人把臭烘烘的汽车开到我的餐厅,一边开车一边吃我做的食物。"她顿了顿,"但看来他是对的。你瞧,餐厅里一个人影也没有。一切都完了,现在我一败涂地。我怎么跟家里人交代?"她深深地吸了口气,浑身颤抖着,看起来一副心力交瘁的样子。

自行车拍了拍玛丽厨师的手臂,食人魔则用鼻子蹭了蹭她的头顶。玛丽厨师抬起头来,凝视着食人魔,端详了一会儿。食人魔也盯着她,然后咂了咂嘴。"我太无礼了!"玛丽厨师感叹道,"你们就在餐厅外面,我居然都忘了请你们进来吃顿饭!"她站起来,掸了掸她的白色厨师服,说:"请进!这顿饭我请客,非常荣幸。"自行车喜欢这个动不动就掉眼泪的厨师,她让她想起了奥托修士。她把哐当停在小红房子外面的草地上,跟着玛丽厨师进了餐厅。穿过门框时,食人魔低下脑袋,也走了进来。

小红房子是一家非常温馨的餐厅。餐厅里摆放着铺着桌布的小桌子和结实的木头椅子,墙上挂着法国乡村的照片,还放着好听的手风琴音乐。"别拘束,随意点儿。"玛丽厨师说。

"你们有菜单吗?"自行车问。

"不,没有。这是我们慢生活餐厅经营理念的一部分,明白吗?没有固定的菜单,我们只用当季的食材。"玛丽厨师解释说,"你想来碗汤吗?再搭配一些肉类、蔬菜和现烤面包?或者沙拉?今天厨房有很多新鲜生菜。"

自行车开始流口水了。"什么都行。"她咽着口水费劲地说道。

"很好。"玛丽厨师说,"那就交给我——玛丽·佩蒂秋吧。"说完她从后面的一扇小门消失了。

几乎在同时，餐厅里飘来令人心醉神迷的香气。自行车走到小门前，把门推开一条缝，往厨房里偷看。玛丽厨师看起来就像个魔术师。她在砧板、炒锅和馅儿饼烤盘前来回穿梭。自行车从未见过做饭如此麻利的人。她还没回过神，玛丽厨师就已经快速走过她身旁，又回到了餐厅，两手托满了盘盘碗碗。"请看！快坐下来！吃吧！"在厨房里忙活了一圈后，这个女人似乎开心多了。

自行车像饿狼一样冲向食物，好像她一口气骑了1000多公里。确切地说，她已经骑了1900公里。鲜嫩的鲇鱼配上香浓的香草酱，入口即化，金黄色的煎土豆酥脆可口。食人魔一头埋在一个装满切碎的生菜和苹果片的木碗里。一时间餐厅里没人说话，不过时不时能听到咀嚼、吞咽、小口品尝和伸手拿东西的声音。自行车吃了三份热草莓可可馅儿饼，瘫倒在座位上。这顿饭让她心满意足。"你做饭怎么那么快？"自行车好奇地问。

玛丽厨师往木碗里又放了些生菜，满脸自豪："这是我们家族世代相传的技艺，慢生活餐厅的厨师也跟我学会了这招儿。"

自行车闷声打了个嗝儿，说："总有办法吸引到顾客，让他们也品尝品尝这样美味的食物。吃过的人肯定还会再次光顾的。"

玛丽厨师高兴地笑了："你真好，小姑娘。你懂得欣赏美味的食物。"说完她的眼神又黯淡了。"但事实是，因为没开设不下车服务窗口，所以也没人来。而我，决不会屈服。决不！"她喊道，拳头砸向桌面。

食人魔呜呜地叫着,咂着嘴想舔一片苹果。它抖动着蹄子,撞倒了几把椅子。自行车赶紧把椅子扶起来,同时若有所思地看着这匹占据了大部分空间的高头大马。然后她瞥了一眼窗外的哐当。"玛丽厨师,也许有个办法能吸引一大群人到你的餐厅来。既然你不愿意给开车的人设置窗口,那不如给骑车和骑马的人开个窗口。你觉得怎样?"

玛丽厨师盯着她,然后转身盯着食人魔——它还在嘎吱嘎吱地嚼着。在草莓可可馅儿饼的刺激下,自行车的脑袋飞速运转:"你可以在餐厅外面设置户外野餐区,这样骑车和骑马的人不仅可以享用美食,他们的马还能吃到大碗的沙拉!你可以在自行车道和赛马场边上做广告,还可以从那儿开辟一些通往餐厅的路线。顾客可以在窗口点餐,也可以进店用餐,随他们。"

玛丽厨师的眼神看着有些恍惚。"骑车骑马的人……这个主意不错。他们不会对着食物打饱嗝儿,也不能一边骑车骑马,一边吃东西。他们必须停下来享用食物。而且,骑自行车的人总是很饿,不是吗?至于骑马的人和马——谁能比驮着东西的马更饿呢?"她很激动,"我必须试试!我现在就给我的业务经理打电话,看看多快能搞定。反正已经无路可走了,干吗不试一下呢?也不会有什么损失。先招徕一些骑车骑马的顾客,再考虑破产的

事。还有比破产更糟的吗?"她抓住自行车的手,上下挥舞着,用法语喊道:"谢谢!谢谢!谢谢!"直到食人魔的哼唧声盖过了她的嗓门儿。这家伙想再要点儿沙拉,而且不达目的不罢休。玛丽厨师又给它盛了满满一碗生菜,不过这是最后一次了。

自行车告诉玛丽厨师他们要去旧金山。玛丽厨师赞叹道:"有机会骑车穿越整个国家,这真是太好了,了不起啊!在我生活的那座法国小村庄里,每个人都骑着自行车四处探索。你的家人一定跟我的家人一样好,对吗?他们愿意让你展开翅膀,听从心灵的呼唤。"

自行车不置可否地应了一声,至于玛丽厨师怎么理解,那就不知道了。玛丽厨师邀请她留下来过夜,自行车同意了。

玛丽厨师把食人魔领到有围栏的后院,自行车把喹当推到后厅,那里有一张沙发床。玛丽厨师拿着干净的白色床单进来,然后和自行车一起把床铺好。睡前,玛丽厨师送给自行车几张特大号的明信片,祝她做个好梦,然后就离开了,她要去给业务经理打电话。

自行车听到玛丽厨师在大厅里打电话,她对格里芬说:"真是太遗憾了,幽灵不需要吃饭。我真希望你也能尝尝玛丽厨师做的美食。"

"我也希望啊,"格里芬伤感地说道,"整个餐厅里闻着就香喷喷的。"

自行车蜷在沙发床上,给修道院写了一张明信片。明信片的正面是一张美国地图,上面点缀着一颗颗绿星星,那是慢生活餐厅的方位标记,背面印着"慢生活小镇"几个字,下面列出了四十家慢生活餐厅的具体地址。自行车注意到,在剩下的六个州里,每穿越一个州,她至少会经过两颗绿星星。她用又小又挤的字在地址边上写了一句话——

请告诉奥托修士,我开始像他一样热爱美食了。我再也不会把他做的炸猪排不当回事了。

自行车

早上,自行车狼吞虎咽地把玛丽厨师做的松软的奶酪蛋卷、几块放了很多水果的可丽饼和热松饼吃下肚。自行车正忙着把行李绑到哐当身上,这时玛丽厨师走了过来,手里拿着一个鼓鼓的牛皮纸袋和一张小卡片。"你给了我希望,那是非常珍贵的礼物。请收下我的心意。"她边说边把袋子递给自行车,里面装了好多用铝箔包裹好的松饼和可丽饼,还有那张卡片,上面用漂亮的字写着:持卡人有权在全美任何一家慢生活餐厅享用免费的餐食,次数不限。落款是玛丽厨师用精致的弧形字体签的名。

"无论哪一家慢生活餐厅都欢迎你的光临。我希望这个新的计划能让我们的餐厅生意兴隆,这样你们也能在途中享用更多的美食。"玛丽厨师说。

她们拥抱了彼此,然后自行车吹响口哨儿,告诉食人魔要起程了。她蹬着车上路了,可食人魔没走几步就回头望。自行车也停了下来,只见它正满怀深情地注视着玛丽厨师。显然,它已经找到了比自行车更让它自在的东西:法国美食。

"呃,你想和玛丽厨师待在一起吗?"自行车问。玛丽厨师伸出手,揉了揉马鼻子:"我肯定没问题。你可以帮我尝尝纯素菜的味道如何,不是吗?"她又看了看自行车,问道:"它叫什么名字?"

自行车咧嘴一笑,说:"它的主人叫它食人魔,不过在我看来,它不太像个食人魔。"玛丽厨师听了大吃一惊:"他们管一个素食者叫食人魔?这怎么行?不可以,绝对不可以!"她把手放在马的鬃毛上,宣布:"我要叫你松露。我想你会更喜欢这个名字。"她回头看了看自行车:"你不介意它留下吧?你一个人行吗?"

想到这匹已经退休的高大强健的赛马跟着玛丽厨师生活一定会发福,自行车笑了。"我不是一个人,我有哐当和……"她还没想好怎么用三言两语就把格里芬的来历说清楚,"和免费用餐卡。我能行的。再见!再见啦!"她挥了挥手,踩着哐当出发了。

10.
密苏里州的猪群巡游

要不是自行车经过伊利诺伊州的时候多眨了两下眼,她也许还不知道自己已经穿越了这个州。她是从伊利诺伊州下面那个"尖尖"①骑过来的,所以只用了两天,她就从伊利诺伊州边境来到了密苏里州边境。她还没习惯伊利诺伊州开阔的田野和宽敞的老房子,就已经跨过了密西西比河。虽说路程还没走到一半,但跨越伟大的密西西比河终归是件大事,值得庆祝。她在宏伟的铁桥上停了下来,凝视着脚下宽阔的河面,浑浊的河水奔腾不息。格里芬哼起了一首爱国歌曲,自行车不由得肃然起敬,向卷起层

---

①伊利诺伊州的南部夹在肯塔基州与密苏里州中间,从地图上看,南部顶端的形状尤为尖锐。

层涟漪的波浪敬礼,哐当把一颗螺丝钉扔进了水里。

桥的另一边立着一个绿色的标志牌,上面用歪歪扭扭的字写着:欢迎来到密苏里州——索证之州。

格里芬喊道:"这下好了!我要看看我的家乡!我要看看有没有油炸馅儿饼店!"快到晚饭时间了,自行车拿出玛丽厨师给她的另一张特大号明信片看了一下,附近就有一家慢生活餐厅。她问了开拖拉机的路人,得知餐厅就在下一条街上。餐厅门口有一块黑板,上面用粉笔写着:新开设骑行窗口,边上还画了个箭头,指向餐厅侧面。看来玛丽厨师的业务经理一刻也没耽搁,想要吸引到顾客,是得试试新法子了。

自行车溜着车来到窗口前,点了些食物。原来骑行窗口就是厨房本来的窗户,只不过厨师会在这个窗口接单。自行车把免费用餐卡拿出来给厨师看了一下,厨师说一直在恭候她的光临。自行车听了觉得很惊讶——原来玛丽厨师已经给餐厅打过电话,叮嘱厨师要多留意。厨师给自行车递过来一盘当日的特色菜——小龙虾肉配芦笋和土豆泥,盘子上的食物堆得满满的。自行车把盘子架在车把上,一只手托住盘子,另一只手推着哐当去找餐桌。外面总共有七张桌子,有三张已经坐了人,其中两张坐的是骑自行车的顾客,另一张坐的是骑马的一对夫妇。自行车暗自微笑。看来,餐厅专门为骑行者开设窗口的消息已经传开了。

自行车一点儿食物也没浪费,她心满意足地打了个饱嗝儿,舔掉了盘子里剩下的最后一点儿土豆泥。餐厅如此好客,自行车当然不想离开,于是她在一张餐桌旁边支起了帐篷。

　　第二天早上醒来,自行车等到餐厅开始营业后点了份特色早餐——柠檬华夫饼和鸡肉苹果香肠。

　　"我们走吧,走吧,赶紧走吧!"自行车在外面吃早餐时格里芬冲她喊道,"已经到了欧扎克山,离我老家不远啦!"

　　自行车把一口华夫饼咽下肚,对格里芬嘟囔道:"听着,不管你想去哪儿,都得先让我填饱肚子,请你再坚持会儿。"

　　格里芬按捺住心中的激动眼巴巴地等着,可他一直问:"吃完了吗?现在吃完了吗?能走了吗?你能不能快点儿吃?"

　　最后自行车只好投降:"好啦,好啦,我现在就送你回家,格里芬。"她说着把没吃完的食物用餐巾包好。临走时,厨师又给了她一纸袋好吃的,他管这个叫"饲料袋",他说玛丽厨师叮嘱过了,所有的慢生活餐厅都要给她准备一袋食物。自行车把没吃完的早餐也放到了袋子里,满心感激地装好。她知道,玛丽厨师说过,希望是一份珍贵的礼物。但此时对她来说,免费的食物同样珍贵,也许更珍贵。自行车觉得,路上能有自制的华夫饼吃,这本身就是一种希望。

　　在自行车看来,欧扎克山并不完全是一座山脉,它更像是一

辆巨大的过山车。矮而陡峭的山坡一座挨着一座,自行车从一座山坡上冲下来,几乎用不着蹬脚踏板,紧跟着就又冲上了下一座山坡的顶端,这样骑车倒是挺惬意的。

"它一点儿都没变,一点儿没变!"当他们像坐过山车一样上上下下时,格里芬喊道。自行车不太相信他说的话,但她的肚子里塞满了华夫饼,这让她心情很好,所以她懒得跟格里芬争论,只是回了一句"是吗",并让他仔细讲讲。

"山峦起起伏伏的,跟我记忆中的一模一样!不过,骑车比走路好,回绿沼也比离家打仗好。瞧,这些树还是记忆中的样子!看看这些树!"

格里芬居然能发现那么多旧景旧物,就像已经回到了家一样,这让自行车很高兴。除了现代化的加油站和停车场,格里芬也注意到了祖祖辈辈钓鱼的地方和玩球的孩子们。格里芬花言巧语哄骗自行车停下来,让她品尝一种叫作"蚱蜢奶昔"的饮品,他一口咬定那里面有蚱蜢。自行车告诉他,那是用薄荷冰激凌做的,结果把他乐得前仰后合。太阳落山了,他们准备安顿下来过夜,格里芬又央求自行车去捉一些萤火虫。她把萤火虫放在一个空水壶里,做了个灯笼,然后又把它们全放了,一闪一闪的萤火虫瞬间四散在黑暗中。

在到达密苏里州的第三天,也就是整个行程的第二十五天,他们顺利往绿沼进发。往镇子走的路上,格里芬一直喋喋不休:"看,那边的农场,那是罗伊老头儿的——他比12条毒蛇还要卑鄙。那边的山谷下有条小径,是挖陷阱捕浣熊的好地方。那座山是我离家第一晚露营的地方。你再看那些云,又大又蓬松,跟我以前看到的一模一样,我发誓!"

自行车骑到镇子的大街上,格里芬一路上几乎一直在大呼小叫,告诉自行车他又认出了什么。

"学校就在那边!现在好像变成邮局了。还有那个门口写着'宠物店'的地方原来是杂货店——那里什么都卖,衣服、糖果、铲子、绳子……老天爷,全都变样了!"

"你刚刚不是还说一点儿都没变吗?"自行车揶揄道。

"嗯,变了,也没变吧!我认得那边的树,还有那片丁香花丛。"

自行车心不在焉地听着,她发现所有的商店都没开门。街上一个人也没有。五颜六色的丝带和彩旗从路灯上垂下,街道上有一种过节的感觉,但四周一片寂静,让她有种不祥的预感。"格里芬,"她打断他,"这里的人都去哪儿了?"

"啊?"格里芬中断了回忆,"是呀,人都去哪儿了?"

"从进镇子到现在,一个人影都没看见。"自行车刚说完就听到身后传来隆隆的声音。她转过身,看到街道上卷起一团尘土。

"我想知道那是什么?"她说着抬起手挡住阳光,眯着眼睛朝那边望去。

格里芬听着。"上次听到这样的隆隆声,还是很多年前的猪群踩踏事件,当时罗伊老头儿的猪从猪圈里逃出来,冲进了学校的操场……"他说话声越来越小。"哦,不!"他惊恐地小声说道。然后他大喊道:"自行车,快离开这条街!马上!我可没开玩笑!猪来了!"

"格里芬,你冷静点儿。"自行车说,"猪?猪有什么好怕的?它们只不过跟我膝盖一样高,没什么好怕的……哎呀!"

前面拐弯处,一群硕大的猪以最快的速度向自行车冲来,就像塌方的泥土一般。整条街都被猪群占领了,它们比肩接踵,粉色和棕色的猪身连成了一股坚实的波浪。猪蹄踩着地面,隆隆作响,渐渐变成了一声声惊天动地的雷鸣。灰尘漫天飞舞。

来不及骑到安全地带了。自行车想从哐当身上跳下来跑到路边,可一只袜子被脚踏板给钩住了。自行车惊慌失措,拼命想把脚拔出来。"格里芬,救命!"她喊道。飞舞的灰尘让她迷失了方向。接着她像是飞了起来,眼前一片漆黑。

自行车睁开眼睛,四周仍然是一片漆黑,不过这不是昏迷造成的,而是夜晚降临的缘故。她躺在窗户旁边一张柔软的床上,身上盖了床被子。她坐了起来,四周的阴影让她觉得很陌生。"有人吗?"她叫了一声,"喂,有人在吗?格里芬?"没人回答。她掀开被子,把腿搭在床沿上。她有些头晕,一直坐在床上没动,直到不晕了。她注意到门的底部露出一丝光线。于是她站起身,转了转铜质门把手。

门吱吱呀呀地打开了,里面是一个大房间,房顶是木梁,墙壁是精心打磨过的圆木。摇椅上坐了一位老人,正在看一本关于烹饪的书。他脸上的皱纹就像桃核上的沟壑。

老人抬头看着自行车走过来,脸上露出了笑容,皱纹也更多了。"你醒了!我这儿来了个小淘气!我以为要到早上才能见到你呢。"他放下书,慢慢站起来。

自行车走到他跟前,老人向她伸出手。

"我叫杰里迈亚,"他跟自行车握手,"你是……"

"自行车。"她回答,"白天发生了什么?我的车在哪儿?我在哪儿?"

"先喝点儿热可可吧。"杰里迈亚慢慢往厨房走,"平时我可没借口熬夜或者喝热可可。"

他往锅里放了一些牛奶和可可粉。自行车在餐桌旁坐了下来,餐桌上堆着一些烹饪书。有一本是打开的,在书页两边的空白处记着一些笔记——肉类馅料:水牛肉?波兰香肠?青蛙腿?这时杰里迈亚端着杯子过来了,自行车把桌子收拾了一下,他把

两杯热可可放到了桌上。

"你是个幸运的小家伙。在猪群巡游开始之前,人们已经把街道检查了一遍,你肯定是趁他们没注意溜进去的。当时我在店里,正在把所有东西都锁得严严实实的,刚好看到你在窗外,眼睛大得像馅儿饼盘子一样,看着猪群向你飞奔而来!"杰里迈亚吹了吹他的热可可,继续说,"我本想跑出去,看看能不能来得及把你抓进来,但当时我看到你的车好像自己扭了一下,在空中翻了个跟头,把你扔到了人行道附近的丁香花丛里。最奇怪的是,你的车就像活的一样,在那儿跳来跳去。不知怎么回事,你的背包先落到了地上,所以你才没摔伤。"他朝房间的一个角落点了点头,自行车的背包就在那儿,上面放着她的头盔。

"猪群巡游是什么?"自行车问道。

"你没听说过吗?老天爷啊,我以为这件蠢事人人都知道。"杰里迈亚眯起眼睛,抿了几口热可可,"这个嘛,说来话长。这个传统已经延续了三代人,但我们都不愿意多谈。"

自行车默默地看着杰里迈亚,鼓励他讲下去,这是她在中级倾听课上熟练掌握的一项技能。

"好吧,好吧,我尽量简单地给你概括一下。"杰里迈亚说,"最早的时候,绿沼有个镇长叫何塞·马奎斯,他是从西班牙移民过来的农民。他带过来几头小猪,小猪长成了大猪,大猪又生了很多小猪。后来他开始买地,养的猪也越来越多,最后半个镇子几乎都成了他的养猪场。"

"通过养猪,他赚了很多钱,被选为镇长,在密苏里州也有点儿名气和影响力,所以他想办法让绿沼当选为第一届密苏里音乐节的主办城镇。镇上邀请了很多音乐家,有会演奏班卓琴、提琴、吉他的,有歌手,还有来自圣路易斯的评委。我告诉你,那可是个大场面。我的曾祖父乔·布兰奇要为音乐节制作油炸馅儿饼,他觉得这一定能让他举世闻名。那是他的梦想——从战场回到家乡后,开一家油炸馅儿饼店,让全世界的人都知道他做的馅儿饼。就连密苏里州的州长也要来听音乐,品尝我曾祖父做的馅儿饼。"

自行车面露喜色——她找到了乔·布兰奇的油炸馅儿饼店!她挪到椅子边,听得更仔细了。尽管杰里迈亚抗议说他不喜欢讲故事,但显然他已经进入了讲故事模式——他的思绪飘到了远方,仿佛音乐节的盛况就在他眼前。

"我妈妈告诉我,我的曾祖父连觉都顾不上睡,日夜不停地做油炸馅儿饼。他买了一顶大帐篷,把帐篷搭在商店边上,打算在帐篷里卖馅儿饼。在音乐节前一天晚上,镇长马奎斯召开会议,宣布了他的宏伟计划。"杰里迈亚顿了顿,看着自行车,他要让她知道这件事的重要性。

自行车不知该做何反应,于是重复道:"宏伟计划?"

"没错,马奎斯来自西班牙,在一个叫潘普洛纳的小镇长大。他跟大家解释说,在潘普洛纳,几百年来一直有过奔牛节的传统——人们先激怒一大群公牛,然后让它们在镇子里的街道上奔跑,四处追赶人们。嗯,他想把这个节日搬到绿沼来,只不过把牛换成他养的猪,让那些猪在大街上奔跑,为音乐节拉开序幕。'我们就把它叫作猪群巡游。这会让我们的音乐节显得更有品位。'他对镇上的人说,'我问你们,在整个密苏里州,还有比这更棒的主意吗?'"杰里迈亚皱着眉,摇了摇头,"我妈妈说,如果曾祖父当时也去开会,他会建议镇长别那么做。但他忙着做馅儿饼,压根儿都不知道这件事。镇上的其他人,说来也真可恶,很多人竟然投了赞成票,投反对票的人很少,也没人想到要去告诉我的曾祖父。"

"第二天,参加音乐节的人像潮水一样拥入绿沼,油炸馅儿饼店外的帐篷已经搭好了,一切都很顺利。有人说看到州长和他的家人也来了。我的曾祖父出去看了看,你猜他看到了什么?嗯,跟你看到的一样,我估计——一大群疯狂的猪在街上奔跑,直奔他的帐篷而来。"

"他一点儿办法也没有。猪跑进了帐篷,横冲直撞。至于油炸馅儿饼,它们一个也没踩,而是狼吞虎咽地吃了个精光。不用说,州长没吃到曾祖父做的馅儿饼,谁都没吃到。镇上的人对于那些猪做的蠢事感到非常气愤。可是,"他叹了口气,"大多数人竟然觉得猪在街上跑来跑去挺有趣的。他们决定让马奎斯家族第二年再举办一次猪群巡游活动,然后是第三年,第四年……从那以后,他们就一直这么做。"

杰里迈亚的声音变得很平静。"妈妈说在那之后,曾祖父就不一样了。他仍然炸馅儿饼,仍然在店里卖馅儿饼,但他放弃了走向世界的梦想。"杰里迈亚的眼睛湿润了。他抬头看了看自行车:"我想,你可能也不想听到这些,但事情差不多就是这样。"

自行车想着那些猪吞吃馅儿饼的景象,想得出了神。突然,她想起来为什么要听这个故事。"可是,我的车呢?"她问。

杰里迈亚又啜了一点儿热可可,然后抿了抿嘴唇:"好吧,姑娘,很抱歉告诉你这个消息——我刚刚说了,你的车把你甩了出去,可它却没躲过厄运。838头猪从它身上碾过。那副惨状,跟被838头猪踩踏过的装满馅儿饼的帐篷差不多。"

自行车心痛地倒吸了一口气。哐当!格里芬!"它在哪儿?"她问,"我现在要去看看。"

杰里迈亚用悲伤的眼神看了她一会儿。他举起杯子,朝一个盖着毯子的包袱指了指:"在那儿。"

自行车推开椅子,飞快地跑到毯子前。她掀开毯子,把它丢在一边,只见一堆橙色的金属。幸好她知道自己要找的是什

么，也许还能看出来它原先是一辆自行车。可如今，它惨不忍睹——金属框架的某些部分几乎被猪蹄给踏平了，轮胎已经不圆了，而是半六边形的。自行车感到胸口一震，心好像碎成了两半。她跪在地上，把手放在哐当身上。

"格里芬！"她对着她觉得可能是车把的那块金属小声说，"你能听到我说话吗？"

没人答应。

"格里芬？"她提高嗓门儿又问了一遍。

"格里芬！你回答我！"她大喊，声音有些颤抖，"现在你不能走！"她哭了起来，眼泪顺着脸颊流下来，落在被踩得不成样子的车身上。"我才把你带回家！你得好好的！"她悲伤地说。

杰里迈亚走到她身后，一只手搭在她肩膀上。"姑娘，"他说，"我想你最好还是回床上休息。我们等明早再聊。来，吃点儿馅儿饼。当面前有一个油炸馅儿饼时，一切会变得更美好。"

"油炸馅儿饼，"她抽噎着说道，眼泪止不住地流，"这是我之所以会来这儿的原因……为了油炸馅儿饼……我本来……应该……找到乔·布兰奇的油炸馅儿饼店。"她的喉咙像是被什么东西堵住了。

"嗯，你找到了，这很好。我们家的乐园馅儿饼店最早是曾祖父开的，在他去世之后，我的祖父和父母就接管了这家店，现在是我在经营它。我下定决心,为了纪念曾祖父,一定要让它闻名世界。"杰里迈亚停顿了一会儿,接着问道,"奇怪,你年纪这么小,怎么会知道乔·布兰奇这个名字?"

自行车感到眼里又冒出泪水。"没事,"她哽咽着说,"现在……这都不重要了。"杰里迈亚又用毯子盖住了哐当,自行车摇摇晃晃地站了起来。杰里迈亚把自行车扶回卧室:"睡觉吧,姑娘。明天早餐来个油炸馅儿饼,一切都会好起来的。"

"我让格里芬失望了。在我需要帮助时他给了我关照,可我却没能这样对他。"自行车想。她觉得自己根本睡不着,可眼睛却不由自主地闭上了。在睡梦中她只看到一片漆黑。

11.
乐园馅儿饼店

似乎没过多久天就亮了,阳光透过卧室窗户洒在了自行车的脸上。房子的某个地方传来了熟悉的、跑调儿的歌声——"哦,苏珊娜。哦,你别为我哭泣。我来自阿拉巴马,带着心爱的五弦琴……"

"格里芬!"自行车喊道。她一把掀开被子,跑进厨房。她看见杰里迈亚站在厨房里,戴着波点隔热手套,腰上系着围裙,围裙上沾满了面粉。杰里迈亚正盯着锅里的热油,用沙哑的声音唱着歌:"烈日当空,我心却冰冷,苏珊娜,别哭泣……"他挺直腰板儿,咧开嘴笑了起来,露出一嘴参差不齐但结实坚固的牙齿。"来,正好尝尝热腾腾的桃子馅儿饼!"他用一个金属网从锅里捞出一些馅儿饼,放到冷却架上,架子上铺着一层纸巾,上面已经堆了好多馅儿饼。

自行车的肩膀耷拉下来,半躺在椅子上。杰里迈亚慢慢走到她跟前,在她面前的盘子里放了一些酥脆的馅儿饼。"吃吧。嘴巴里来点儿热腾腾的馅儿饼,你就不会这样垂头丧气了。"他说。

"为什么我遇到那么多人都让我吃吃吃?"自行车心里纳闷儿,她想到了饼干女士和玛丽厨师,还有路上送零食给她的陌生人。自行车的肚子咕咕叫了起来,似乎是在提醒她,有这么多人给她东西吃是一件很幸福的事。她的肚子叫得更大声了,似乎是在提醒她不能无礼。于是她拿起馅儿饼咬了一口,唇齿间都是热乎乎的桃子和肉桂的甜香,她的胃好像也发出了赞许的声音。她又咬了一大口,很快就把一个馅儿饼吃完了。

"再吃一个。想吃多少就吃多少。"杰里迈亚边说边又端来一个盘子,上面放了四个馅儿饼。

自行车伸手又拿了两个馅儿饼,一手一个吃了起来。

杰里迈亚微笑着,他脸上的皱纹更深了,眼睛挤得都快看不见了。"没错,姑娘,我做的馅儿饼可以帮你赶走烦恼。我一天三顿只吃馅儿饼,我自己倒是挺乐意的。"

自行车突然意识到,自己倒是吃得痛快,却忘了格里芬,她羞愧极了。"格里芬死了,你还有心情在这里吃馅儿饼?你真是个

忘恩负义的家伙。"自行车在心里咒骂自己。

杰里迈亚看到她的神情又陷入了难过,便在她旁边坐下。"很明显,你现在很沮丧。也许我们可以从头说起。昨天我告诉过你,街上为什么会有那么多猪。现在你能告诉我,你怎么会出现在那条街上吗?"

自行车说:"说来话长,不过我会尽量原原本本地告诉你。"她想了片刻,思考着该从哪里开始说起,最后决定还是听从杰里迈亚的建议,从头说起。"我被丢在修道院的那天,修道院的大门不见了……"

她说了整整一个上午,杰里迈亚给她递过去一个又一个油炸馅儿饼,认真地听她说的每一个字。她告诉杰里迈亚,在到达密苏里州之前,她去过华盛顿特区、弗吉尼亚州、肯塔基州,还有伊利诺伊州。她把格里芬的事讲给他听,告诉他自己答应把格里芬送回家乡,帮他找到他朋友开的油炸馅儿饼店。听到这里,杰里迈亚灰白色的眉毛都竖起来了,但他一直在听,没发表任何意见。

当讲到猪群巡游时,她记起自己最后跟格里芬说的那些话,她不同意他的看法。"我说'猪有什么好怕的',大部分情况下,我是一个很好的听众,但那天我没听他的话,后悔也来不及了。他救了我,可我却害得他被踩了 838 次。"她的泪水再次夺眶而出,"我也失去了我的哐当和格里芬。"

"一下子失去了两个朋友——没有比这更悲惨的了。"杰里迈亚附和道。

自行车望着他。是的,格里芬是她的朋友,她交了一个朋友。她一声不吭地坐着,难过极了。几分钟后,她摇了摇头,像是要把自己喊醒。"杰里迈亚先生,我不能放弃格里芬。镇上有医生吗?不,等等……有会修车的人吗?"她问。也许格里芬并没有死,她想。他毕竟是个幽灵,也许他只是昏过去了。

杰里迈亚看起来很不自在。他起身离开了桌子。"也许有吧。我也不是很清楚。"他粗声粗气地说。他忙着收拾碗筷,水槽里的碗碟溅起水花和洗涤剂泡沫。几分钟后,他又转过身来。"我知道谁能帮助你,"他说,"但我不知道她愿不愿意帮你。镇上有位女士会修车,叫埃斯特拉·马奎斯·蒙哥马利。"他说了一个名字。"不过我不跟她说话,因为就是她的曾祖父让那些猪到处乱跑,把我曾祖父的梦想踩得粉碎。我们也没任何联系。"他看起来很生气,然后抬起肩膀表示歉意,"你应该去找她,我不能装作不知道,那样做不对。不过我要告诫你,等我们到了那儿,你不能告诉埃斯特拉你是想让一个幽灵复活,而且这个幽灵生前是乔·布兰奇的朋友。她和她家养的那些猪一样讨厌,说了指不定会帮倒忙。"他朝前门走去,边走边说:"我把面包车开过来,你去拿你的自行车,然后我们就出发。"

自行车跑去拿那块毯子,里面裹着哐当的"遗体"。

杰里迈亚开的是一辆白色面包车,车身贴着乐园馅儿饼店的标志,车子在大街上慢慢开着。面包车的速度和司机一样慢,自行车左右抖动着双腿,好让自己不那么着急。过了一会儿,杰里迈亚在一块写着"马奎斯猪业"的牌子前左转,驶入一条绿树成荫的车道,最后来到一栋漂亮的房子前,这栋房子有一个很大的独立车库。杰里迈亚熄了发动机说:"你自己进去看看她在不在,把你的请求告诉她,最好别让她看见你是跟我一起来的。"

但自行车还没来得及下车,一位身材娇小、满脸皱纹的女士就从房子的拐角处走了过来,扯开嗓门儿叫喊着。

"把你那辆该死的馅儿饼车从我的车道上开走,杰里迈亚!你想毒死一个老太太吗?用你那难吃的油炸馅儿饼来毒死老太太?我才不上当呢。赶紧走,别磨蹭!"她走到面包车边上,抬起脚踢着轮胎,"快滚,讨厌的家伙!"

杰里迈亚以最快的速度下车,虽然动作算不上快,但他已经尽力了。"别再踢我的车了,埃斯特拉。万一踢坏了呢!我不是来给你送馅儿饼的!我根本不乐意让你吃我做的馅儿饼——我说的可是实话!"

埃斯特拉踢得更使劲了。"我看你就是嫉妒我养了那么多猪。我知道你在搞什么鬼!"

杰里迈亚回敬道:"要不是因为你养了那么多头猪,制造了那么多混乱,我压根儿就不会来这里!嫉妒?哼!我倒是想等到那一天!"

自行车跳下车,冲过去从车后面拉出那块毯子裹成的包袱,然后她用"神圣八词"中的一个词打断了这场争吵。"帮助!"她大喊着。

这个词起到了作用。杰里迈亚和埃斯特拉停止了争吵。自行车把包袱拖到了他们旁边。杰里迈亚看起来很难为情,但埃斯特拉倒是对这个包袱很有兴趣的样子。

"好吧,姑娘,你拿的是什么?看起来像是一辆遭殃的自行车。"埃斯特拉问。埃斯特拉低头瞅着哐当露出来的那块车身。

自行车看着埃斯特拉的眼睛。她们差不多高,尽管埃斯特拉的年纪似乎比自行车大了一百岁。"没错。我的车遇上大麻烦了,求你了,"自行车说,"请帮帮我,帮帮我的车。"

埃斯特拉对自行车笑了一下,脸上堆满了皱纹。她的皱纹也许比杰里迈亚少,但也少不了多少。她用柔软的手抚摸着自行车的脸颊说:"把它带到店里来,亲爱的,我来看看。有时事情没你看到的那么糟。"她瞪了一眼杰里迈亚。"你,"她警告说,"不许进来,毒馅儿饼你还是留着自己吃吧。"

杰里迈亚也瞪了她一眼,刚想回嘴,可看到自行车那副恳求

的表情,又闭上了嘴。

自行车跟着埃斯特拉进了车库,把包袱放到工作台上,打开毯子。埃斯特拉戴上头盔,头盔上面有一盏聚光灯,眼睛前面有放大镜。"嗯。"她咕哝了一声,先是站在远一点儿的地方看了一遍车架,然后又走到跟前仔细检查。"嗯。"她用手拨了拨一根辐条,就像弹吉他一样,然后又拨了拨另外一根辐条。

"还能修好吗?有什么办法呢?"自行车问,"我的朋友可能被困在车里,我得知道他是不是还活着……嗯,也不能叫活着,因为他是个幽灵,但至少我得知道他是不是还醒着。哦,快告诉我,你能帮忙!"

埃斯特拉瞥了她一眼:"你是说你的自行车里有一个幽灵?你一直在吃杰里迈亚做的馅儿饼,对吗?它们会让你变傻,最后跟那个老头儿一样。你最好当心点儿。"

自行车摇了摇头,然后又点了点头。"不是……好吧,是的,我是吃了一些油炸馅儿饼,但我跟你说,真相是这样的——一个幽灵缠住了我的自行车,因为他想从战场回到绿沼,这里是他的家。我得知道,他是不是还在车里。"

埃斯特拉把聚光灯转向自行车的脸,用放大镜端详着她的眼睛。"嗯。"时间过了很久,埃斯特拉说,"好吧,你把真相告诉了我。可我也是认真的——不要再吃油炸馅儿饼了,它们会让你丢掉性命的。"她转身看着哐当。"你的意思是,我不仅要想办法修好这辆车,还要唤醒一个不知是否还在车里的幽灵,是吗?"

"是这样的。你可以吗?"自行车在身后绞着双手。

埃斯特拉拿起一个小扳手,凑近哐当的车架。她用扳手轻轻地敲打着车架,仔细听它发出的叮当声。她捏了捏轮胎,然后嗅了嗅,又嗅了嗅。"是被猪踩踏的吗?"她问道,"哦,天哪,这就是那辆在猪群巡游时被踩坏的自行车吗?我的那些猪确实能跑,但它们根本不知道什么时候该停下来。"她的嘴唇抿成了一条直线。"姑娘,如果说世界上有谁能帮你,那一定是我——起码我得帮你把车修好,因为是我的猪把你的车弄成这样的。哎呀,差点儿忘了介绍我自己了。我是埃斯特拉·马奎斯·蒙哥马利,马奎斯猪业的老板,也是镇上最好的自行车修理工。你是?"

"我是自行车。"

"这个名字可不容易忘。既然你把车交给我,那我就看看能不能修好它吧。"埃斯特拉全神贯注地开始工作。不一会儿,她不耐烦地冲自行车挥了挥手:"你去忙你的吧。你这样瞪大眼睛盯着我,我可没法儿工作,晚饭时间再来吧。"

"如果你找到他,就叫他格里芬。"自行车说。背对着她的埃斯特拉心不在焉地在肩膀上打了个手势,把她赶了出去。

杰里迈亚坐在面包车里,自言自语地咕哝着:"说我的油炸馅

儿饼是毒药？她才是毒药！这才是真实情况。"他看到自行车走出来，关切地问："她能帮上什么忙吗？一想到跑到这里被那只老火鸡骂了一顿就来气，她可别帮不上忙啊。"

自行车说："也许能修好。她说如果有人能修好喔当并且唤醒格里芬，那这个人一定是她。但要到晚饭时才知道她修得怎么样。"自行车爬进面包车。

杰里迈亚哼了一声。"当你别无选择，只能坐着等消息的时候，最好的办法就是让自己忙起来。"他发动车子往回开，"馅儿饼店星期二不营业，但店里总有事情做。我说，你可以品尝一下我新研发的馅儿饼。"

自行车不假思索地说："埃斯特拉让我不要再吃你做的油炸馅儿饼了，否则我会变傻。"

杰里迈亚气急败坏地喊道："变傻？我来告诉你什么是傻——一个女人因为家族恩怨就坚决不碰油炸馅儿饼，这就是傻。馅儿饼，不管是不是油炸的，都是世界上对身体最好的东西，是长寿的秘诀。我已经92岁了，过去十年，我只吃油炸馅儿饼，对此我毫无怨言。我看她倒是可能因为从不吃馅儿饼而随时一命呜呼。"他们开车回到镇上，杰里迈亚把车停在馅儿饼店前面。"你进来尝尝我的油炸超脆甜杏馅儿饼，然后说说看，到底我是傻瓜还是她是傻瓜。"

"对不起。"自行车边说边跟着杰里迈亚走进店后面的厨房,"我觉得你做的油炸馅儿饼很好吃。我很想试试超脆甜杏馅儿饼。"她觉得自己一定会心不在焉,没法儿认真品评馅儿饼的口味,只能尽力而为了。

杰里迈亚解释说,他正在研发一些新口味,可是在组合口味时遇到了一些困难。"苹果口味、桃子口味、蓝莓口味、樱桃口味、草莓口味、树莓口味、混合浆果口味、火鸡口味、鸡肉口味、南瓜口味、花生酱高粱口味、巧克力奶油口味、培根鸡蛋口味,这些口味我们做得都比其他家好。但要想走向世界,唯一的办法是创新口味——做从未有人想到的口味。"

杰里迈亚走到他前一天做的一盘油炸馅儿饼前。"我这儿有一些乌龟馅儿饼。"

自行车皱了皱鼻子。

"不是你想的那样,馅料是焦糖和胡桃。我这儿还有红薯馅儿饼,不过也不是你想的那样,馅料里有乌龟哟。"看到自行车的表情,他笑得前仰后合,"不是不是,我只是开个玩笑,里面只有红薯,我保证。嘿,来个可爱多馅儿饼怎么样?"

"什么是可爱多馅儿饼?"自行车问。

"说的就是你啊!"杰里迈亚笑得更开心了。

从看到猪群冲着自己跑过来到现在,自行车的脸上第一次勉

强露出了笑容。

"这是个老掉牙的笑话了。我妈妈总爱跟我开这样的玩笑。好了,说正事吧,尝尝这个。"他说着递给自行车一个热腾腾的馅儿饼。

她咬了一口,又把它吐在手里。"这是什么口味?"她问。

"芹菜香蕉,不好吃吗?"

"一般般。"

杰里迈亚叹了口气:"我们去看看烹饪书吧。"

馅儿饼店的厨房桌子上摆满了烹饪书和烹饪便笺卡,跟杰里迈亚家里的餐桌看着一样。他们整个下午都在研究这些食谱,想把不寻常的食材与让人胃口大开的食材完美地结合起来。他们把桃子罐头与樱桃干混合在一起,又把烤核桃与牛肉末混合在一起。当他们把切碎的蓝莓松饼和木薯布丁一起塞到馅儿饼里时,两人一致认为发现了一些有趣的东西。他们是如此专注,以至于自行车看了一眼墙上的时钟,发现已经过了六点,她觉得很惊讶。

她的心头掠过一丝希望,同时伴随着一丝紧张。"杰里迈亚,你能送我回埃斯特拉家吗?"她小心翼翼地问。

杰里迈亚咕哝了一声,但还是同意了:"好,我可以送你去,但这回我不下车,就算她踢轮胎我也不下车。"

12.
没了咣当的自行车

到了埃斯特拉的车库,自行车十指交叉走了进去。埃斯特拉弯着腰在工作台前忙碌着。自行车走到她身后,越过她的肩膀看过去。"我的天哪!"自行车目瞪口呆地叫道。

咣当看起来就跟新的一样。事实上,它比以前更好了——车架比以前更光亮,明晃晃的,像是有聚光灯照在上面。躺在工作台上的咣当就像一件抛过光的艺术品。"埃斯特拉!这真是太不可思议了!我该怎么感谢你才好?!"自行车心中怦怦乱跳的希望已经变成了一只小鸟,欢快地翱翔。

可是埃斯特拉并没有表露出喜悦。她神情凝重。自行车觉得那只在她心里翱翔的小鸟又变回了原来那个诚惶诚恐、怦怦乱跳

的东西。"是……你……可能……"那个问题她问不出口,因为她害怕听到答案。

埃斯特拉挥挥手让她走近点儿,然后握住她的手。"亲爱的,这话我对谁都不愿意说,你的自行车可能看起来不错,但是……"埃斯特拉摇了摇头,"你再也骑不了它了。车架形状看着没问题,但这儿不管用了。"她指着:"这儿,还有这儿。其实,我强烈怀疑在到达绿沼之前,它就差不多该光荣退役了。这辆车太老太旧了,亲爱的。它只是看着漂亮,我很抱歉。"

自行车难以置信地盯着车架,它看起来是那么完美无缺。"你确定吗?你怎么能这么确定?"她不甘心地问。

埃斯特拉在她的工具中翻找了一会儿,拿出一个听诊器。"来,听听看。想要判断一辆自行车骑起来是否安全,最好的办法就是听听它的频率。"

自行车把听诊器放在耳朵里,埃斯特拉把它贴紧车架,接着用螺丝刀敲了敲。

"听到了吗?那是钢铁的弱点。"

自行车听到当的一声,耳朵里嗡嗡作响。

"再听听这儿。"埃斯特拉说着把听诊器挪到车架的另一处,又敲了一下。

又是当的一声和嗡嗡声。

"还有这儿。"埃斯特拉又把听诊器放到车把附近敲了敲。

除了当的一声和嗡嗡声,与此同时,自行车还听到了别的声音。那声音很遥远,像是从几公里外传来的。

"烈日当空,我心却冰冷,苏珊娜,别哭泣……"

"格里芬!"自行车扔下听诊器,抱住车架,高兴地喊道,"你回来了!"

埃斯特拉扬起眉毛。"你听到了那幽灵的声音?"她拿起听诊器仔细听了听,"嗯,我也听到了。他唱歌真好听。"

自行车一只手抱着车架,转身用另一只手抱着埃斯特拉。

埃斯特拉脸红了,但还是抱住了她。"只要是自行车我都会好好修,不管它有没有被幽灵缠上。"自行车终于松开了埃斯特拉,埃斯特拉接着说,"现在嘛,不要把它抱得太紧了,它需要休息,这样车架才能变得更坚固。今晚就让它待在这儿吧,你明早再把它带走,别担心。"埃斯特拉用毯子盖住了车架。

她们一起走出车库,自行车对她表示感谢,又提出要付修车费,但埃斯特拉就跟没听见一样。

杰里迈亚摇下车窗,用怀疑的眼神望着埃斯特拉,又疑惑地看看自行车。看到自行车满脸高兴,他问道:"都修好了?那……"

自行车想要赶走那种奇怪的感觉——一方面,以后她再也不能骑哐当了,运气那么糟,她觉得很失望;另一方面,格里芬回来

了,她又觉得自己的运气还不错。"也没有,"她回答,"车看着是没问题,但埃斯特拉说我以后不能再骑它了。"

"但是格里芬——他醒了!他还在车里面,他还在里面呢!他只是需要休息。明天早上我会去看他。"知道格里芬已经回到家乡了——这对自行车来说似乎比什么都重要。这大概就是帮助朋友的感觉,她想。

听到这个消息,杰里迈亚心里并没有起太大波澜,而是说:"好,有时一半是好消息也足够了。我们回家吧。"

埃斯特拉说:"她的日子已经够难过的了,不用再睡在你那个厨房边上,我看那就是个毒馅儿饼实验室。今晚她待在我这儿,吃些人吃的东西。"她转过身背对着杰里迈亚。

"哼!"杰里迈亚问自行车,"你想这样吗?今晚留在这儿过夜?"

自行车可不想掺和他们的家族争斗,但现在格里芬还在恢复期,她确实想陪着他。

"是的,如果你同意的话。"

"你无论做什么,我都会同意。"他说,"我想我应该回去把你的背包拿过来,这样你方便些。"他犹豫了片刻。他似乎很纠结,一方面他想帮助自行车,另一方面,如果不是有十万分的必要,他实在是不想再回埃斯特拉这儿。

"用不着！"埃斯特拉背对着他说,"你以为我还照顾不好一位客人吗？我的曾孙子和孙女们也会来这儿。我这儿有备用牙刷和睡衣,我准备了最丰盛的晚餐——火腿和猪排。"

自行车对杰里迈亚笑了笑,意思是在这儿住一晚不会有事。杰里迈亚沮丧地点点头,转动了面包车的钥匙。

"明天早上我来看你。"他对自行车说。他又嘱咐埃斯特拉:"你要好好款待这个姑娘,不然我一定会数落你。"

"我已经够好客了！"埃斯特拉回嘴道,然后带着自行车走向那栋宽敞的大房子。

"好吧,不要给她吃太多猪肉,猪肉吃多了会要人命的！"杰里迈亚嚷嚷着把车开上了车道。

"我已经91岁了,我对我的生活很满意！"埃斯特拉喊道。

自行车和埃斯特拉一起吃了晚饭,她们吃了一盘火腿、排骨、腌猪蹄和熏肉。埃斯特拉问她是怎么来到绿沼的,自行车把她这些天的经历告诉了埃斯特拉。

埃斯特拉对她表示欣赏:"你知道吗？我像你这么大的时候曾经骑车穿越密苏里州——这是我做过的最有意思的事情。我非常高兴,在现在这样一个有电子游戏和数码平板的年代,居然还有年轻人会骑自行车冒险。我十几岁还没学养猪的时候,父母对我最大的帮助就是任由我在车库里摆弄工具和自行车。很幸运,我能有这样一个爱好,既能帮助别人,自己也很满足。"

自行车吞了一口火腿,问了一个这些天一直萦绕在她脑海的问题:"埃斯特拉,你为什么对杰里迈亚那么记恨?他告诉我,他曾祖父的馅儿饼生意差点儿被你曾祖父的猪给毁了,所以我大概能明白他为什么要记恨你。可你为什么记恨他呢?"

"那个家伙!我来告诉你我为什么记恨他。我也想跟他和解。有一次我特意做了一个烤得焦黄的猪肉馅儿饼去他家,以为这样可以把我们曾祖父的愚蠢行为抛在脑后,重新开始,至少能和和气气地说话吧。"埃斯特拉气呼呼地嚼着一片培根,"可那个可恶的杰里迈亚接过猪肉馅儿饼就扔到了地上!我就没见过这么粗鲁的人!我告诉他,他是个大笨蛋,然后就冲了出去。从那之后,我跟他就没说过客气话。已经有……"她眯起眼睛,数着指头:"有七十年了。"

自行车问:"他把馅儿饼扔在地上?"说到馅儿饼,杰里迈亚要么是炸,要么是吃,这不太像他的作风啊。"也许他很不高兴,因为他以为你想抢走他的馅儿饼生意。"自行车打了个哈欠,"也许哪一天你们可以试着再谈谈,修补一下感情。"

埃斯特拉从桌边站起来。"也许吧,"她很不情愿地说道,"等我活到100岁,也许会更宽容吧。"她把自行车带到楼上的客房,嘱咐道:"你就睡这儿吧。今天对你来说很漫长吧?有需要时就到车库找我,我就睡在车库那边的小床上,我怕那辆车子或者那个幽灵需要我帮忙。"

埃斯特拉下楼去了。自行车爬上床,准备睡觉。

转天天刚蒙蒙亮,自行车就起来了,她急得睡不着。她往脸上泼了些水就直奔车库。埃斯特拉在角落里的一张小床上打着鼾。自行车走进去,轻轻揭开车架上盖的毯子,生怕把埃斯特拉吵醒。

"格里芬?"她低声说。

格里芬立刻回应了她:"嘿,自行车,你去哪儿了?我一直被困在这儿,我以为你忘了把我带走。那边那位女士整晚都在打呼,比你打得还响。"

"我才不打呼呢!"自行车说道,随即咯咯笑了起来,她如释重负,"不会,我永远不会丢下你,格里芬。你要相信我。镇上正在举行一年一度的猪群巡游,有800多头猪从你和哐当身上碾过,我想你是昏过去了。那边那位女士叫埃斯特拉,她想办法把你唤醒了。她还修好了哐当的车架,但它现在骑起来不太安全。"

"唉,那你打算怎么去旧金山?"格里芬问。

"我也不确定。"自行车说。她一心想要格里芬活过来,还没想过自己接下来该怎么办。

"那,馅儿饼店呢?你弄清楚乔是不是开了一家馅儿饼店了

吗?"格里芬问。

"是的,他开了家店。现在经营这家店的是他的曾孙杰里迈亚,而且我已经吃了差不多40个油炸馅儿饼。"自行车准备把她吃过的口味都说一遍。

可她还没来得及开口,杰里迈亚就到了。他把面包车停在外面的车道上。

"我以后再告诉你。"自行车说。杰里迈亚慢悠悠地走了进来,看到车架,他吹了声口哨儿。

"老天爷啊,虽然我不愿意承认,但埃斯特拉确实把这车修得很好。"杰里迈亚说,"你说它不能骑?可它看起来近乎完美,像新硬币那样闪亮。"

格里芬大声说:"谢谢!"

"是那个幽灵吗?"杰里迈亚低声问自行车。

她点了点头。

杰里迈亚清了清嗓子,背挺得更直了:"我跟你问声好,幽灵格里芬。我是杰里迈亚·布兰奇。自行车告诉我,你是我曾祖父的朋友,只要是他的朋友就一定是我的朋友。"

自行车把车架从工作台上抬下来,放在地上,竖直立好。格里芬宣布:"杰里迈亚,我当然很高兴见到你,也很高兴能再次回家。我希望我能去你的馅儿饼店帮忙。自从遇到自行车,我就一直在考虑这个问题。"

杰里迈亚用手握住车把,摇晃着车把表示问候:"有你在我的店里,那是我的荣幸。可你是打算一直缠着这辆车呢,还是打算在馅儿饼盘上大显身手呢?"

格里芬发出咕噜咕噜的声音,像是在使劲举起重物:"我也不知道我怎样才能离开这辆车。自行车遇到我的时候,我心血来潮地决定要去纠缠她的车,很容易就办到了。现在那位女士修好了车架,可我觉得我比以前更受束缚了。"

杰里迈亚摇了摇头,说:"好吧,埃斯特拉确实很会修自行车。如果她把你跟车把捆绑得更紧了,我一点儿也不会觉得惊讶。她不会半途而废。我一直很欣赏她这一点。事实上,我年轻时非常欣赏她。"

他们说话是如此专注,以至于都没注意到鼾声已经停了下来。

一个酸溜溜的声音在他们身后响起:"你太欣赏我了,所以我到你店里跟你赔罪时,就把我的馅儿饼直接扔在地上?依我看,这可不是什么欣赏。"

他们转过身,看到埃斯特拉站在他们身后。

杰里迈亚的脸红了,红晕在他脸上的每一道皱纹中荡漾开来。"埃斯特拉,当时我太紧张了,一个漂亮的女人给我馅儿饼,

结果我还没拿稳。我年轻时笨手笨脚的,你又说我是个大笨蛋,我就跑开了。所以我想,也许你给我馅儿饼是为了让我知道,你觉得我和我的馅儿饼店很多余。我还以为你是故意的。"

埃斯特拉的脸色变得柔和起来。"好吧,我的天哪!七十年来,就因为你把馅儿饼扔到地上,我跟你没说过一句客气话,就算那不是你本意。而你呢,也以为我送给你的是一样坏心眼儿的礼物,也没跟我说过一句客气话,可那也不是我本意。杰里迈亚,这么多年来,我们一直都是大傻瓜吧?"

杰里迈亚依然面红耳赤,双脚在地上蹭了蹭,轻声说:"好像是这样。"

自行车一会儿看看这张满是皱纹的脸,一会儿看看那张满是皱纹的脸,最后决定让他们在车库里单独待一会儿。她把喧当推到外面的阳光下。

"格里芬,"她说,"没有喧当我该怎么办呢?是不是老天爷在告诉我,我现在应该停下来。就这么放弃?我应该给旺达修女打电话,告诉她我和一个幽灵做了朋友,这样我就不用去友谊工厂了?"她用脚趾点了点地。想到要中途返回,她很失望、很沮丧,可想到后半程没有喧当和格里芬的陪伴,她心里又很难接受。

格里芬吹了几声俏皮的口哨儿。"自行车,我要回家了,真是太兴奋了,我从没想过我们会分道扬镳。你不如留下来待一段时间,跟我和杰里迈亚一起炸馅儿饼?我们把哐当停在炸锅旁边。我们还可以把特制的馅儿饼寄给自行车手兹比格,把信息刻在馅儿饼皮上,说服他来拜访我们,或者我们可以……等等,如果你和我们一起待在这儿,那就等于你放弃了冒险,"他说,"那你就成了心愿未了的人。不,不,这不行。如果你留在这儿,你永远不会知道兹比格会不会成为你最好的朋友。你得继续前进,回来把你一路上看到的新鲜事告诉我们!你永远不知道等待着你的是什么,穿过下一个州会发生什么,对吗?"

"那是肯定的。"自行车想了想说,"我记得最高修士告诉过我'既然开始了,就一定要坚持下去'。虽然他只说了'三明治'这三个字,但我很确定,他就是这个意思。而兹比格看起来真的是最适合做我朋友的人。没有人比他更喜欢骑车了。"她想象着兹比格向欢呼的人群挥手时的样子。

"也许还有你,"格里芬补充道,"你只是还没机会像他那样骑车去很多地方。如果到了加州,你赢得了与他一起骑行的机会,那你最后一定会像油炸馅儿饼店里的幽灵一样快乐。"

这大概是她头一次听人这么打比方,自行车心想。"我知道,现在就回家的话,离最后的目标还差得远呢。我之所以从友谊工厂的大巴上跑下来,是为了向旺达修女证明,我可以用自己的方式交到朋友。我已经有了你这个朋友。但我必须证明我能有目的

地交到朋友,否则旺达修女又会把我送走。"自行车颤抖着,思考着这个问题,"余下的旅程只会更好。我想这就是我的答案。我会想办法继续向西走。"她拍了拍车把。"我会想念你的,格里芬。你是一个女孩梦寐以求的旅伴、驯狗师、爬山时的伴唱者。咱们拉钩,我保证会尽快回来看你。"她用小拇指绕住刹车线,捏了捏。

杰里迈亚和埃斯特拉从车库里走出来。听起来他们好像又在争论什么,埃斯特拉用手指戳着杰里迈亚的胳膊。接着他们提议自行车在绿沼住上一个夏天。

埃斯特拉说:"我们会给你的那个旺达修女打电话,和她说清楚。你可以帮忙修自行车。"

"还有炸馅儿饼。"杰里迈亚插话说。

"还有养猪。对一个女孩来说,还有什么比养猪更开心的事吗?"埃斯特拉说。

"哦,不!我的意思是,不管怎样都得感谢你们,但旺达修女不会轻易改变主意。"自行车说,"如果你们现在给她打电话,她很快就会把我送到友谊工厂,也许会把我的脚和另外三个孩子的脚绑在一起,说不定还会把她自己的脚也绑上。这是我与兹比格交朋友的唯一机会,证明我可以用自己的方式交到朋友。"

"听起来不会轻易改主意的人是你吧?"埃斯特拉说,"是你决心要走到底。"

"难道你会不知道什么叫固执吗,埃斯特拉?"杰里迈亚问。

"你可真是会说话啊!"埃斯特拉说。

他们互相看了看,吓得自行车大气都不敢出。没过一会儿他们又大笑起来,自行车这才敢大口喘气。

"好吧。你跟我半斤八两,都是倔驴。那我跟你说说,怎么帮你上路吧。"埃斯特拉说,"几个小时过后,我的侄孙会开一辆卡车运送猪去堪萨斯州的米德维站。你可以搭他的车,这样你能少走一段路。我有一辆二手自行车——从修好到现在,它就一直在我的工作间里挂着,但是车主一直没付维修费。它很适合你,而且它的座杆还能调节。我让侄孙把那辆车放在卡车后面,等你到了米德维站,你就可以骑它上路啦。这辆车反正也没人要了,与其待在我的车库里落灰,还不如给你骑呢。"埃斯特拉轻轻地搓了两下手,往前门走去,她背对着自行车,侧过头说:"就这么定了,我去给侄孙打个电话,让他装车后到乐园馅儿饼店来找我们。很高兴能帮到你,孩子。"

"谢谢!"自行车说。搭四轮车而不是骑两轮车多少让她有点儿忐忑。这好像是在作弊,但因为在绿沼耽搁了两天,她已经落下了好多路程。接受埃斯特拉慷慨大方的提议似乎是最好的选择,尤其是在想不出更好办法的情况下。

"既然她能让你搭车,那我可以给你做很多馅儿饼。"杰里迈

亚说,"嘿嘿!我要把你的背包装满木薯馅儿饼,再给你准备一些你需要的东西。你需要钱吗?"

"馅儿饼就行了。"自行车说。她还有一些钱,再加上那张免费用餐卡,她觉得自己的状况很不错。"旺达修女总是说'既不借钱,也不欠钱',我想她的意思是,不是十分必要就不能用别人的钱。不过要是你有明信片给我,我会把它寄给修女和修士们。"

杰里迈亚说:"我们去商店看看有没有吧。我已经把你的背包和头盔带来了,我还邀请埃斯特拉和我们一起吃午饭。"他帮自行车把哐当装上车,等埃斯特拉从家里出来时,他们三个人一起挤到了前排座位上。

回到了乐园馅儿饼店后,格里芬又试着从车把里出来,但他似乎被困住了。

埃斯特拉说:"我对幽灵了解得不多,但我敢保证,那辆自行车的每一个小零件我都拧上了,而且拧紧了,牢牢地固定住了。我觉得你会永远待在里面了,格里芬先生。"

格里芬倒并不怎么介意。每次他一展歌喉,都有车架发出的金属声回应着他,他觉得很动听。

在开始吃午饭(午饭是一个鸡肉馅儿饼,这次是烤的,不是炸的)之前,杰里迈亚从绿沼擀面杖博物馆买回来一张明信片。自行车写好明信片,请杰里迈亚把它跟明天的信件一起寄出。

亲爱的旺达修女和几静修道院的修士们：

事实证明，我交了一个朋友，但这次的交友方式跟我想象的不太一样。这个朋友是在不经意间悄悄出现的。但这至少表明我做的是对的。

我们应该在吃油炸馅儿饼的季节来这里参观，我的意思是，一年中没有猪群巡游的任何一天都可以。

自行车

绿沼，密苏里州

吃完饭后，自行车把哐当推到屋前面。杰里迈亚在乐园馅儿饼店门旁架起一个梯子，还请了一位身强力壮的邻居过来帮忙。邻居先沿着梯子爬到门上方，然后杰里迈亚和自行车把哐当举到他跟前，这样他就可以把哐当挂到那里。杰里迈亚对格里芬喊道："怎么样？"

格里芬朝下面大声说道："风景很好！"有一家人从人行道上走过，格里芬向他们唱道："嘿，伙计们，你们应该进来尝尝油炸馅儿饼！它们会让你快乐又长寿！"这家人停下脚步，目不转睛地瞧着这辆会说话的自行车。"今天菜单上都有什么，杰里迈亚？"格里芬问。

"有桃子馅儿饼、苹果馅儿饼,还有口味一级棒的黑莓——我可以做些黑莓馅儿饼。或者你们可以试试店里的创新口味——鸡肉面或土豆泥。"

格里芬开始唱起了一首傻里傻气的歌,歌词讲的是一个神奇的油炸馅儿饼拯救了世界。那家人向店内走去,看到自行车会唱歌,他们高兴地笑了起来。没过多久,一对夫妇也进了店。当马奎斯猪业的运输卡车在店门口停下来时,一帮孩子正凑上来看热闹。

埃斯特拉拿着自行车的背包和头盔从店里出来,她帮自行车爬上了副驾驶座位。她给侄孙下了严格命令,让他在去堪萨斯州的路上务必要照顾好这个女孩。埃斯特拉不得不扯着嗓子说话,因为货箱里的猪一直在呼哧呼哧地叫。

卡车开动了,杰里迈亚和埃斯特拉跟自行车挥手告别:"别忘了我们!"他们喊道。

自行车回头喊道:"发明一些口味好的油炸馅儿饼。有机会我会回来吃的!"

格里芬也高声喊:"保重,自行车!别让猪踩到你!"

卡车开到大街上,自行车把头伸出窗外。

有一辆会唱歌、会说话的自行车做招牌的乐园馅儿饼店肯定能吸引不少人,乐园馅儿饼店也许真的要闻名世界了,她想。她挥手做了最后的告别,恋恋不舍地看着身后的绿沼越来越远。

13.
在米德维站哪儿也去不了

　　埃斯特拉的侄孙叫丹。从绿沼到米德维站要开五个小时,这是自行车在这五个小时的车程中所了解的第一件事。第二件事,也是最后一件事,就是丹不怎么爱说话。每当自行车问问题时,他总是一边含糊其词地咕哝着,一边拽棒球帽的帽檐。几次过后,自行车干脆放弃了,一声不吭地看着车窗外的乡间小路。直到意识到沉默会让她觉得不舒服,她才发现自己已经习惯了格里芬没完没了的唠叨。

　　没过多久,他们来到一块白色的大牌子前,牌子上用红色和绿色的字写着:欢迎来到堪萨斯州——向日葵之州,牌子上还装饰着彩带和彩纸。看上去很不错,自行车心想。从出发到现在,

这是她第一次心不在焉。她觉得她已经把心留在了密苏里州,与格里芬和哐当在一起。

丹开得并不快。尽管如此,开着卡车在公路上行驶总是比蹬自行车要快得多。路两旁的风景一闪而过,自行车看到了金色、绿色的田地,田地里种的好像是小麦和玉米,还有几座巨大的风车和高高的粮仓。地平线往远处延伸,一眼望不到头儿。这里真是个骑行的好地方。

自行车蜷缩在座位上,心里有点儿难过。她想念哐当。哐当已经成了她生命中的重要伙伴,失去哐当就像失去了身体的一部分。就像半人马,她想,就是在神话书中看到的那种半人半马的生物。她原来是半人车,现在她只是一个普通得不能再普通的人。她叹了口气,无法接受在余下的旅途中要骑着其他车子去加利福尼亚州的事实。

一公里又一公里飞驰而过。临走时杰里迈亚往自行车背包里塞了一袋火鸡土豆口味的馅儿饼,她把袋子解开,和丹一起分享了一个馅儿饼。窗外的田野里种着一片片黄色的向日葵,它们向自行车和丹点头致意。一天慢慢过去了。太阳终于照亮了云层,天空中浮现出橙色和粉色。自行车凝视着夕阳,几乎没觉察到卡车已经放慢了速度,直到丹把车开进了商店前面的停车场。"到了吗?"她问。

不出所料，丹只是咕哝了一声。他下了卡车。自行车把包背在肩上，跟着他走进商店。

她在放泡泡糖和糖果的货架附近转悠着，等着丹把文件交给分销经理。丹和经理走进停车场，准备把猪卸下来，自行车则跟着去取她的二手车。丹把卡车的活动坡道放下来，然后打开了后门。这群猪已经受够了被关在货箱里，立刻飞奔下来，冲进了候宰栏。

经理锁好候宰栏，回到商店。丹在关卡车后门，自行车走到他旁边。货物区是空的。

"埃斯特拉给我的自行车呢？"她问。

丹挠了挠脸颊，然后指了指后门顶部和货箱天花板之间那条宽宽的缝。后门足够高，这个高度按理说没有猪能跳出来。可是呢，它又足够低，低到自行车可以从上面掉出来。不过，只有当一些机智的猪钻到门下面，并且发生推搡时，才有可能发生这样的情况。

"你觉得可能是猪把车从缝隙里顶出来了？"自行车问道，"真是那样吗？"

丹点了点头。他摘下棒球帽，恭恭敬敬地把它放在胸前，简单咕哝了一句"我想就是这样"，然后戴上帽子，坐上驾驶座，把车开出了停车场。

对于这个爱咕哝的卡车司机,她大概也就能了解这么多了,自行车心想,他倒是有潜力成为一名优秀的几静修士。

自行车走进商店,想找分销经理聊聊。经理正坐在一张小桌子前,用计算器加数字。她清了清嗓子。

经理的名牌上写着:值班经理皮茨堡。他抬起头来,冲自行车笑了笑说:"小姐,我能为你做点儿什么?"

自行车也笑了笑,尽量让自己看起来很有礼貌:"你好,先生,我是和丹一起坐卡车来的。绿沼马奎斯猪业的埃斯特拉让我来的。我的自行车在经过密苏里州的某个地方时好像掉了出去——嗯,也许是被那些猪给顶了出去。我想问问你,往西该怎么走?"

皮茨堡先生摇了摇头:"你说西边?对不起,米德维站只负责东部地区货物的配送和销售。这儿没有一条路通往西边的落基山脉。事实上,我这辈子都没去过西边。让我来看看……"他翻了翻桌上的日历。"如果你愿意,我可以明天送你去俄亥俄州,或者,"他又翻了翻日历,"星期五送你去南卡罗来纳州。"

焦虑伸出了它的小爪子,顺着自行车的喉咙往上爬,她没理它。"镇上有人能帮忙吗?"她接着问。

皮茨堡先生抱歉地鼓起嘴:"这镇子啊,没什么好说的。有家商店、加油站,还有转运猪的畜栏,地方统共就这么大。"

自行车说:"我跟您核实一下,看看我有没有理解错。这里没有镇子,没有卡车,也没有往西走的路。"焦虑顺着她的喉咙越爬越高,她使劲咽了下口水。

皮茨堡先生点了点头。"很抱歉我没法儿给你更多帮助。离这儿大概80公里处有个火车站。我想亲自送你过去,可我没有车。我就住在加油站的后面,而且我不会开车。"他又鼓起嘴,思考着,"你饿了吗?我知道,人吃饱后感觉会好一些。后面有张吊床,那是个吃点心的好地方。想吃什么就自己拿吧。"他指了指那边装满了罐头和包装食品的货架:"不收你钱,可你要告诉我要不要搭车去俄亥俄州。"

有位顾客走了进来,皮茨堡先生跟他商量着送货的事。自行车开始思考起自己的处境。

她现在被困在米德维站。从骑行地图上看,她已经走完了差不多一半的路程。她在过道上踱着步。她注意到一袋什锦曲奇饼干。她想起自己对饼干女士许下的承诺,吃点儿饼干,再想想该怎么做也无妨。她拿起那袋饼干和她的背包,从后门走了出去。她看到两棵三角叶杨树中间绑了张吊床,四周围着尖桩栅栏。她爬上吊床。月亮要升起来了。

自行车撕开袋子,吃了一块柠檬饼干。老天爷,你想让我放弃?这我可不同意。她吃了一个燕麦圈和一块果酱夹心饼干。而且,想让我半途而废的也许根本不是老天爷,而是埃斯特拉的猪。

我不会让一群猪来决定我能做什么、不能做什么。她嚼着一块花生酱饼干。现在的情况并没有太糟。我没遇上什么危险,也没迷路。现在唯一的阻碍是没有自行车。我知道我要去哪里,沿着这条路走就行。80公里外有一个火车站。也许我可以想办法先到那儿。她又往嘴里塞了两块巧克力饼干。嘿,这不,我还有两条腿呢。既然能骑80公里,那我也可以走上80公里。身上剩下的钱说不定还够买一张火车票,或者我可以说服售票员让我搭车去加利福尼亚州。她又吃了六块饼干,每吃一口,她都觉得更有决心、更轻松了。饼干女士说得没错,她想。甜甜的饼干确实能让人以更愉快的角度看待问题。她打了个哈欠,月亮还没爬上来,她已经沉沉地睡着了,衣服上沾满了饼干屑。

伴随着畜栏里猪的哼哼声,天亮了。自行车在商店的洗手间里洗了个澡,背上背包。她告诉皮茨堡先生,她要步行去火车站,她心里隐约期待着他会劝她别这么做。她在旅行中遇到过一些人,他们认为骑车穿越全国是个离谱儿的主意,而在堪萨斯州步行80公里大概比离谱儿还要离谱儿,应该叫荒唐。

但皮茨堡先生并没那么做,他跟自行车握手并祝她一路顺风。"孩子,我想知道西边到底有什么?"他一边沉思,一边大声说,"峡谷、河流、大猩猩农场?据我所知,大概什么都有可能。听好了,你能帮我一个忙吗?等你到了火车站,也许你可以给我写张字条，告诉我你看到了什么，我很希望能收到一张来自西部的明信片。"皮茨堡先生给了她一本邮票、几张空白的白色明信片、几瓶水和一个用玻璃纸包装的玉米松饼。

自行车沿着公路，迎着车辆往前走去。她想起第一天骑行时的感觉，不知道今天是否会跟那天的经历差不多。

走了两个小时后，她得到了答案：这行不通。她的脚很疼，因为背着包，所以背和肩膀很累。她抬起手遮住额头，挡住照在脸上的阳光，看着路上的风景，艰难地往前走着。她走在向日葵花田旁边，觉得自己根本没走多远。在她的前方，是一条平坦的道路；在她的左右两边，除了向日葵什么都没有；在她身后，还是向日葵、向日葵、数不清的向日葵。她已经看不到米德维站的商店了，也没有汽车路过，在这个只有向日葵的星球上，除了道路没人跟她做伴，她觉得自己很孤独。"现在我才知道带轱辘比两条腿好。"她咕哝道。

为了让自己振作起来，她开始边走边吃背包里的食物。她吃了玉米馅儿饼，接着是一个木薯馅儿饼，然后是两个鸡肉馅儿饼和一个巧克力奶油馅儿饼。她没舍得吃剩下的馅儿饼，举起水壶灌了几口水，把一路从华盛顿特区带来的仅剩的一点儿牛肉干碎末冲到肚子里。她擦了擦嘴，感觉自己没预想的那么开心，她很想打个盹儿。

太阳爬得更高了。虽然皮兹堡先生给了她几瓶水,但水储备也开始告急。如果不尽快找到城镇或农场,她很快就会没水喝。也许会下雨?希望如此吧!她扫视着天空,一望无际的蓝色,甚至没看到一丝云彩。她往头上浇了一点儿水降温,一步一步地往前走着。

　　太阳爬到了最高处,然后开始向地平线慢慢沉下去。她行进的方向是正西,所以阳光直射到她脸上。她觉得自己的眼珠子都要被太阳晒褪色了。向日葵在微风的吹拂下沙沙作响,轻轻摇曳,自行车几乎能看到它们装满种子的大脑袋跟着太阳转。向日葵喜欢堪萨斯州的气候——这些植物是健康的绿色食品,很多长得比自行车还高。她停下来休息了一会儿,在密密匝匝的向日葵中间找到一小块阴凉地,坐在地上喝着水。

　　一辆蓝色跑车飞驰而过,马达轰隆作响。这辆跑车开得如此之快,以至于它经过时,向日葵都被带倒了,发出沙沙声。司机猛踩刹车,发出刺耳的声音。自行车没想到的是,司机来了个急转弯,直奔她前面的向日葵田。她赶紧站起来,一瘸一拐地(她的脚现在真的很疼)来到跑车转弯的地方。在那里,穿过向日葵田,有一条窄窄的土路。转弯处竖了一块木牌,上面刻着:**阿尔瓦拉多庄园**。木牌上贴了一张纸,上面写着:**今日拍卖**。自行车喝完剩下的最后一滴水。不管阿尔瓦拉多庄园是干什么的,她希望那儿的人能让她灌点儿水，于是她朝土路走去。

这条土路一直通往向日葵田深处。就在自行车开始怀疑这条路到底能不能走得通的时候，前方出现了一大片草坪，草坪后面是一座大房子。她想：与其说它是房子，还不如说是城堡呢，因为这幢建筑有精致的塔楼和走道，它甚至还有一条护城河和一座木质吊桥。蓝色的跑车停在外面，外面还停着很多豪车，比如劳斯莱斯。自行车穿过吊桥，来到一个露天院子里。

"这是个十二世纪的废纸篓，用美玉和翡翠装饰，现在有人出价50万美元。有人出60万吗？有了！有人出70万吗？后面有位先生出价75万。一次，两次……75万，成交！"一个身穿燕尾服的高个子男人傲慢地、果断地敲了下槌子，"下面要竞拍的是一尊希腊大理石雕像……"

自行车看了下周遭的情况。城堡的院子里摆了十几把折叠椅，坐着拿着号牌的人。穿着丝绸连衣裙的女人优雅地交叉着双腿，穿着灰色西装的男人在调整深色的领结。他们似乎很无聊，看着毫无生气，直到穿燕尾服的男人开始为雕像竞价，他们才举起号牌，挥舞着号牌报价。随着价格越来越高，他们深深地皱起眉头。

在角落里的一张桌子上，自行车发现了一些装满水果鸡尾酒的杯子和几壶冰水。她走到桌子旁，把水倒进塑料杯里一口气喝

了个够,喝得肚子里咣当咣当的。然后她开始往自己的水壶里加水。这些饮品都是免费的。她往四周看了一圈,确认没人对自己占便宜的行为表示不满。这时自行车看到最后面有一张空的折叠椅,于是她用手捋了捋头发,又掸去衣服上的灰尘,然后走过去坐了下来,努力让自己看起来像是来竞拍的。一个年轻女人走过来,递给她一个号牌,上面印着红色的数字"15"。

"嗯,谢谢。"自行车说着接过号牌。

"下一样拍卖品,"穿燕尾服的男人说,"真是一个……重大发现。这辆自行车……"

自行车坐直了身体,认真听着。

"有许多……有趣的特点,比如它的车轮,还有……铃铛。"拍卖师碰了碰车把上的铃铛,它发出银铃般的叮当声。

这辆车的车架造型优美,蓝色和黄色的喷漆闪闪发光。它的上管上还有火焰图案。自行车在她的背包里翻出钱,数了数自己还剩多少。

"要不我们从1000美元开始竞拍?"

自行车苦恼地哼了一声。

没人举牌。有个人打了个哈欠。另一个人把裤子上的苍蝇掸走。自行车简直不敢相信。

"有人出1000吗?我说,1000?没有吗?有人出500……这可是……独一无二的自行车。"拍卖师把一根手指伸到领结下,清了清嗓子,"它由一种罕见的金属合金制成,光零件就价值300美元。有人出价300吗?"现场更多人打起了哈欠,人们纷纷起身去拿鸡尾酒。"好吧,我相信一定有人对这件拍卖品感兴趣,200……150……100美元?"

没人举牌。自行车双手紧紧握住她的号牌。

拍卖师叹了口气,耸了耸肩,问道:"到底有没有人出价?"

自行车也顾不得脚疼了,她举着号牌跳起来大喊:"73美元22美分!"

大家都转过头来盯着她。

拍卖师说:"73美元22美分。还有人出价吗?有没有?"

自行车攥紧号牌,指关节都发白了。她四下里看了一圈,害怕有人会突然冒出来把眼看就要到手的车子拍走。

一个瘦骨嶙峋的黑衣女人意味深长地晃了一下号牌,转身朝自行车走去。她苍白的脸衬得嘴唇惊人地红,大大的太阳镜遮住了眼睛,但自行车能感觉到这个女人的目光像一条饥饿的小蛇一样爬过她的皮肤。接着,这个女人转过头,仔细检查了那辆车,长长的指甲在她鲜红的嘴唇上点来点去。

拍卖师一副迫不及待的样子,急着进入下一件拍卖品的竞拍环节。"一次,两次……"他喊着。

那个女人又晃了下号牌。拍卖师停了下来。

"莫奈·格鲁宾克小姐?"

莫奈·格鲁宾克小姐摘下太阳镜。她那一双绿眼睛就像冬天的沼泽地一样冷冰冰的,令人毛骨悚然。她用算计的眼神把自行车和拍卖台上的车又仔细打量了一遍,然后轻蔑地冷笑一声,把号牌扔到了腿上。

拍卖师说:"成交!它属于最后一排那个满身灰尘的女孩。"他重重地敲了下槌子,挥手让人把那辆车从拍卖台上搬下来,送到付款台。

自行车匆匆走向付款台,她担心那个黑衣女人会突然发现自己错过了整场拍卖会上最好的东西,她想骑车赶紧溜走。她把号牌和钱放在钱箱前,说:"这辆车属于我了。"

负责收现金的是个皮肤黝黑的女人,她低头看了看自行车,说:"哟,是你拍走了。"要不是那一脸不屑的表情,她应该很美。她拿起皱巴巴的钞票和一把硬币,把钱放进了钱箱。钱箱里装得满满的,几乎都是百元大钞,是之前拍卖所得。她潦草地写了一张收据,然后把它推到自行车跟前。

她旁边是一个同样晒得黝黑的男人。这个男人耷拉着肩膀,留着一头精心打理过的黑发,他说:"我很吃惊,居然有人想要那玩意儿。"他嘴巴和眼睛周围的皮肤光滑紧致,但很不自然,他本来应该很英俊——他似乎都没笑过,也许他想笑但没法儿笑。他正用一把金色的小锉刀锉指甲,他抬头看了自行车一会儿,盯着她身上那件用粗体字印着"自行车"字样的紫色 T 恤衫。"但如果有人要买它,就应该是你这样的人。"他嗤之以鼻地说道。一阵风吹过,把他精心打理的头发从脑袋一边吹到了另一边。他抬手把头发抚平、整理好。

自行车几乎没听到他们在说什么,只是满心欢喜地盯着这辆刚买下来的车自言自语:"没办法,我只能把哐当留在密苏里州,我也不知道该怎么办。我得尽快赶到加利福尼亚州,这辆新车会帮上我的。这儿的人都不想要它,而我却拍到了它,多幸运啊。真的,我的运气太好了!"

那个耷拉着肩膀的男人略微坐直了一些。"你说运气[①]?"他和那个女人互相瞥了一眼,说,"真有意思。我们的父亲,也就是制造这辆车的人,他的名字就叫拉克(Luck),拉克·阿尔瓦拉多博士。"

"这个名字让他走火入魔了,"那女人说,"他花了我们……他……花太多的钱来研究运气,或者说命运,也可以说是天意,反正都是一个意思。多浪费时间啊!他应该专注于他的发明。"

[①] "运气"的英文是"luck"。

那个男人插嘴说:"父亲确实发明了很多家家户户都在使用的东西,比如自动礼品包装器、自动翻饼机、驱刺猬剂,等等。他靠发明挣来的钱买下了这一切。"他朝着庄园比画了一圈。

自行车好奇地问:"那他有没有搞清楚呢?我是说,运气是否控制了我们的人生轨迹呢?"

那男人懒洋洋地坐回座位,又开始锉他的指甲。"谁知道呢!大概三年前,父亲失踪了,就在他制造完这辆自行车之后。他认为他可以给这辆自行车编程,来收集关于运气的数据。可笑的是,从那儿以后我们就再也没见过他。"他假装悲伤地噘起嘴,可一看到满满的钱箱,他又高兴起来,"我们觉得应该在这儿进行一次拍卖,把一些旧东西处理掉,都是春季大扫除清理出来的。说真的,一边大扫除一边赚点儿钱有什么不好呢?父亲会希望我们这么做的。"

拍卖快结束了。最后一件拍卖品是一个非常丑陋的纯铜猫雕像,已经售出。其余竞拍成功的人正在付钱,然后收拾好东西准备离开。

那个女人冲着那辆蓝黄两色的自行车蹙了蹙眉头,说:"我很高兴这东西卖掉了。我知道父亲很喜欢它,但在我看来,它一点儿用也没有。不然人们干吗要发明汽车?"自行车无法理解,这个女人怎么会觉得这辆车毫无价值?自行车还发现车架侧面印有一个金色的名字:财富号713-J。"需要给你包装起来吗?"女人问。

"谢谢,女士,"自行车回答,"我就这样骑吧。"她迫不及待地想骑上去,蹬着这个美丽的物件。她把水壶插进这辆车的水壶架,把背包固定在车的后架上,抚摸着它光滑的皮革座椅。

"好吧,"女人马上要收拾钱箱,便打发她走,"祝你好运——如果你相信运气的话。"她和她旁边那个不爱笑的男人一起发出了讨厌的笑声。

自行车本想感谢他们,但后来想想还是算了。她急着离开,所以直到把这辆车推走时她才注意到,那个瘦骨嶙峋的黑衣女人一直躲在一株高大的盆栽后面,偷听了他们之间的谈话。

14.
堪萨斯州的财富号大显身手

从庄园出来的土路崎岖不平,所以自行车在驾驭"财富号713-J"时遇到了一些麻烦,她摇摇晃晃地骑出了向日葵田,回到公路上。她把前轮转向西边,开始蹬了起来。财富号在公路上飞驰,两个轮子高速旋转,就像有发动机在驱动。她以前觉得骑着哐当仿佛后面拖了个看不见的、装满石头的手提箱,而骑这辆车则像是甩掉了手提箱。

自行车像猎豹一样飞驰了几个小时。太阳落到了地平线以下,她只能停下来过夜。眼前仍然是一眼望不到头儿的向日葵田,于是她把财富号骑到摇曳的向日葵中间,然后在它羽毛一般轻的车架边搭起了帐篷。这辆车可没多余的地方给幽灵栖身,里面一定是冲了氦气之类的东西吧,不然怎么会那么轻呢。她满心感激地拍了拍它,接着愧疚得涨红了脸。"哐当才离开不久,我不应该这样。"她想。

她做了个梦,在梦里她发誓——哐当,别担心,我永远不会像爱你一样爱其他自行车。

她觉得自己听到了哐当用格里芬的嗓音回答:"你当然不会。而且这辆自行车太新了,还没什么个性。你得带它冒险,慢慢跟它磨合,把它变成一辆好车,就像你对我那样。"

天亮了,今天天气有点儿热。但自行车可不像前一天赶路时那样又热又累。她骑着车轻快地掠过路面,阵阵微风吹过,让她整个人凉爽又舒服。

财富号的车把上安装了一块可操作的小屏幕,自行车随便按了几个按钮,发现它可以计算骑行速度和骑行距离。自行车惊奇地发现自己每小时能蹬 30 多公里。时不时有汽车从她身后追上来,她会踩着脚踏板站起来,全力加速,追着汽车冲刺,直到汽车跑远,直到腿上的肌肉累到使不上力。

接下来的五天,自行车的骑行速度很快,人也很轻松。道路笔直、平坦,骑起来一点儿不费劲。路上她看到一家慢生活餐厅,发现餐厅已经换了新的标志:一大碗食物旁立着一匹马和一辆自行车,自行车的前轮里还塞了一张餐巾。那匹马看着很熟悉——

退役的赛马食人魔找到了一份新工作,现在它成了餐厅的吉祥物"松露",这让自行车很高兴。这次她同样吃得饱饱的,临走时也拿了满满一袋子食物。

唯一不愉快的插曲,是拍卖会上的黑衣女人又出现了。那天在堪萨斯州第二家慢生活餐厅外面吃午饭时,自行车觉得脖子后面像是有一只热情得过了头的甲虫在蹭她的头发。她转过身,看到那个瘦骨嶙峋的女人就坐在餐桌旁,这次她穿的是黑色紧身背心和阔腿裤。虽然那个女人戴着大太阳镜,可自行车知道她在盯着自己看,那女人面前放着葵花子汉堡和薯条,但她连碰都没碰。那女人刚要站起来,自行车就拿起东西离开了。

自行车告诉自己,不要过度发挥想象力,这位女士也许并不是在跟踪她,慢生活餐厅的东西那么好吃,任何人都愿意为美食而逗留。她还提醒自己要谨记旺达修女的告诫,不要以貌取人。但不得不说,这位女士的脸上仿佛写了四个大字:毛骨悚然。

骑行第三十五天,自行车发现自己很怀念格里芬的歌声,她觉得她应该给这趟旅程写一首歌。她唱道:"哦,我是你见过的最快的自行车手,我骑车就像河水流入大海。明天早上我一定会到达科罗拉多州,我不畏惧连绵的山脉,它们不是我的对手!"

车把的小屏幕上突然不显示每小时骑行的公里数了,取而代之的是一个闪烁的词:错误。

自行车敲了几下屏幕,又按了一个按钮,屏幕上的字变了:顺风加速概率94.5%。

自行车放慢速度,把车停在路边两排紧挨着的向日葵间。她喜欢看到屏幕上有速度显示,所以现在她得想办法来解决这个问题。她按了按屏幕边上的一个红色小按钮,屏幕上的字又变了:**不要再按那个按钮**。

自行车扬起眉毛。她又按了下那个红色按钮。

不要再按那个按钮。按第三次将启动导弹发射程序。

自行车想:好吧,从一辆被幽灵缠住、会说话的自行车,换成了一辆会写字、会发射导弹的自行车。"呃,对不起。"她说,"跟我说话的是财富号713-J吗?"

是的。屏幕上显示。

"嗨!我是你的新主人自行车。我住在华盛顿特区,我从那里出发前往旧金山参加自行车祝福活动。你跑得非常快。很高兴你能成为我的坐骑。"她说。

"自行车"不是人名,而是一个用来描述像我这样的机器的名词。你是一个人,不是一台机器。因此,"自行车"不是你的名字。屏幕上弹出几行字。

"等一下!"自行车恼火地说。她觉得自己的名字很不错,既好听又不容易忘。"自行车是我的名字,人类想给自己起什么

名字都行。不管是鲍勃、玛菲、昂格勒贝,还是堪萨斯,统统都可以!"她冲着屏幕训斥了一通。

请稍等。屏幕闪烁了一下。正在处理。几分钟过去了。可以用作人类名字的有鲍勃、玛菲、昂格勒贝、堪萨斯和自行车。数据已保存。你好,自行车。

自行车不那么生气了。"嗯,你好。那么你是一辆会思考的自行车?"她问。

我不仅仅会思考。阿尔瓦拉多博士把我设计成一台非常适合长途旅行的机器,从各方面来看,我的性能都是全世界最先进的。

自行车看了看屏幕,觉得一台机器这么说话未免有些自大。"那么,在这之前,你怎么没跟我说话呢?我已经骑了快一个星期,我从来不知道你能跟人交流。"自行车不解地问。

我们已经骑了整整五天五小时四十分钟。在这之前,你说的话没有任何讨论的意义。

哐当说得不对。自行车记起了她的梦。实际上,这辆自行车很有个性。遗憾的是,它的个性很不讨人喜欢。"那么……我到底说了什么,会让你在屏幕上闪出'错误'和'顺风'这样的字眼?"她提示它。

顺风指风是从你身后吹来的。这几天有一股很强的风从路中间吹过来。因此,你刚刚唱着歌大声说你是人们见过的最快的自行车手是错误的。我们之所以能跑这么快,不是你的功劳,而是强劲的顺风把你往前推,你只是运气好而已。

"什么?"自行车喊道,"已经好几天没刮风了!我们速度超快是因为我在使劲蹬车!你看,向日葵根本动都没动。"向日葵确实没在动。

错误。屏幕又开始闪了。这股风影响不到向日葵,因为向日葵种植得非常密。只有在公路上才能感觉到风。因为你和风的方向相同,所以你没注意到它,除非你有非凡的感知力。显然,你的感知力非常普通。走到路上,转过身,你会感觉有股风推着你。

"哼!"自行车生气地说,"我才不信!"

屏幕只是向她闪了闪,继续显示同样的信息,似乎在等着她按它的指令去做。

最后,自行车举手投降了。"好吧,看着,我走到路上了,没有风……"自行车从两排向日葵中间走到路上,这时从东边吹来一阵冷风,把她最后一句话给卷走了。风穿过她头盔的通风孔,好像在给她吹头发。

她躲回高大的向日葵丛中,走到车前,屏幕上现在是一片空

白。但她觉得这辆车一定在内部数据库里录入了"我就说嘛"这几个字。自行车决定,今天就骑这么远。

第二天早上,自行车骑车时看到路边的交通标志牌上警告:**小心,强气流**。牌子被吹倒在地上。她今天在出发前测试了风速,四下里一丝风都没有。她确实也注意到,跟前几天相比,她的速度的确慢了下来。她心里还在生气,财富号居然说她感知力很普通,但转念一想,它说的终究是对的,便主动跟它说起话来。

"财富号,你能告诉我从华盛顿特区到这儿有多远吗?"

屏幕显示:华盛顿特区中心到此地的距离是3383公里。

"你知道我们还要走多远才能到达旧金山吗?"

2963公里。如果运气好,到达加利福尼亚州旧金山市的概率:99.63%。

自行车很受鼓舞。"你认为我们成功的概率那么大吗?"

除非我们遇上无法预测的坏运气。

自行车感到很不安。她思考着接下来的旅途中会埋伏着怎样不可预测的厄运,比如斑马从马戏团里逃出来,把年轻的自行车手吃掉……她还在思忖着,一个黄色的牌子引起了她的注意,看到牌子上的字:欢迎来到科罗拉多州(Colorado)——山脉之州,她如释重负。她满脑子都在想"Colorado"这个词里的字母还能组成哪些词,结果发现这八个字母可以重新排列成"Cool road（很棒的道路）",她心里别提多高兴了。

她越过州界,兴奋地扫视着前方的土地。她在书中读到过科罗拉多州和它白雪皑皑的落基山脉。她原以为只要进了科罗拉多州,陆地就会明显上升。但事实并非如此,这里的风景看起来比堪萨斯州更像堪萨斯州。路两边平坦的大草原一望无际,草原上布满了粮仓。自行车经过几株向日葵,沉甸甸的花盘垂下了头。她眯起眼睛看向远方,但什么也没有,哪怕是山的影子都看不到。"现在连望都望不到落基山脉,谁知道翻越它到底有多难呢?"她说,"即使没有顺风助我一臂之力,我也能翻过它。"

对你来说,落基山脉难以翻越的概率:86%。屏幕上突然显示。

"我可真得谢谢你。"自行车冷嘲热讽地回应。

接下来的四天都是如此。每天,自行车都希望能看到巍峨的紫色山峰,但每天她看到的只是更多的平地,平地周围还是平地,像煎饼那么平的平地。每当她开始怀疑落基山脉到底会不会出现时,财富号就告诉她,山峰会在不经意间出现。

自行车依然会给修道院寄明信片,这样旺达修女和修士们就会知道她过得很好,但她发现她的措辞很难做到心平气和。新旅伴让她心里很不痛快。她想:要不是因为找到了两家慢生活餐厅,在那儿享用了美味的食物,她也许已经是个无可救药的牢骚鬼

了。科罗拉多州慢生活餐厅的生意看起来很红火,每家餐厅前面都停了很多自行车,骑行窗口外的地面上还有很多马蹄印。

这天下午,财富号的屏幕上闪出一行字:**大雨概率 92%。尽快找地方躲雨。**自行车决定就当没看见这几个字。头顶的大太阳明晃晃的,怎么会下雨呢?但几分钟后,天空乌云密布,下起了小雨。自行车穿上雨披,继续往前骑。前些日子她才淋过雨,虽然衣服都弄湿了,但她还是照样往前骑。屏幕上又闪出一行字:**雨量非常大。立刻找地方躲雨。**

自行车厉声喊道:"告诉你,一点儿雨对我来说根本不算什么!你还是老老实实地告诉我我的速度和骑行距离吧!"

屏幕上的信息又闪烁了片刻,然后就是一片空白。自行车恼火地拍打着屏幕,她没注意到从北边吹来了大朵黑色雷雨云,直到一道巨大的闪电嘶嘶作响,照亮了地平线。几秒钟后,雷声四起,自行车捏紧刹车,把脚撑到地上。大雨倾盆而下。

还不到一分钟,自行车已经被淋透了。"随便吧!"她漫无目的地喊道,四处寻找躲雨的地方。雨下得有刚才的两倍大,雨线织起一层层水帘,模糊了她的视线。她隐约瞥见前面有一些建筑物,于是使劲蹬了起来。

骑了一两公里后,她骑到一个地方。她看得不是很清楚,就像在水底下骑车一样,但路边肯定有几座建筑。她掉转车头,朝那几座建筑骑去,车轮在深深的水坑中溅起朵朵水花。她一下车,运动鞋就陷进了烂泥里。每次把脚从烂泥里拔出来,鞋子都会发出响亮的吧唧声。她把车推到她能看到的最近的一座建筑物前,那儿看起来像一家商店,可大门紧锁,窗户上挂着一块手写的牌子,上面写着:**歇业**。

她用手抵住玻璃往里看。又一道闪电划破天空,这下她看清楚了——里面什么都没有,只有几把破椅子和一张桌子,上面散落着小块的白骨,应该是某种早已死去的动物的骨头。墙上的旧广告已经剥落,到处都蒙了一层厚厚的灰尘。

她踩着泥泞的土路来到下一栋楼。这栋楼的牌子上写着:**旅馆——提供餐食**。她试着推了推门。门也锁着。她沮丧地晃了晃门,门在门框里咔嗒作响。啪的一声,几条生锈的铰链断开了,门像醉汉一样,向一面倾斜,自行车看到屋内光线很昏暗。她犹豫不决,这时又一道闪电照亮了天空。她把倾斜的门推到一边,推车进了这家旧旅馆。

雨点打在屋顶上的声音在前厅里回荡。雨水落在一架被废弃的立式钢琴的琴键上,叮叮作响。自行车听到天花板上传来沙沙声,抬头看到一排羽毛黑白相间的小鸟依偎在一盏旧吊灯上,参着羽毛以抵御寒冷。小鸟叽叽喳喳地叫着,这让自行车感觉在这个阴森森的地方,至少还有些活物。她放下车子的脚撑,把车

立好,打算在屋里找处干燥的地方过夜。

墙上挂了一些小木箱,这原先是给旅馆客人存放房间钥匙和接收信件用的。褪色海报上的广告语还在:房间——1美元,三餐——75美分。她找到了一张破破烂烂的旧沙发,沙发套上还能依稀看到模糊的花纹。她伸出一根手指碰了碰,沙发套里簌簌作响,好像有什么东西在吱呀乱叫。还没等她回过神,一只毛茸茸的灰老鼠和七只老鼠宝宝就从一个洞里爬了出来,蹿进了阴影里。她赶紧回到车子那儿。

"我们离开这儿吧。一定有别的去处。"她说。

财富号似乎总能从争执中找到快乐。在幽灵镇找到更好去处的概率极低。我建议你待在原地,把衣服晾干。

"什么?幽灵镇?"自行车在书中读到过这些古老的、被废弃的边境小镇,除了鸟类、啮齿类动物和铺天盖地的灰尘,这里什么都没有。"好吧,反正我跟幽灵也不是没打过交道,这吓不到我。"自行车脱下还在滴水的头盔和雨披,准备从车后架解下背包。

如果你需要住处,可以按车座下面的绿色按钮。

自行车皱起眉头。自从上次按了红色按钮被财富号警告之后,她就再也没碰过车架上不熟悉的按钮或者开关。可是水还在顺着她的脖子往下淌,湿漉漉的衣服紧紧地贴在身上,鞋子上也沾满了烂泥,于是她说了一句:"都这样了,我还有什么好怕的!"

然后按下了绿色按钮。

车子嗡嗡响了一会儿,自行车下意识地往后退了一步。嗖的一声,一个塑料小方块从车座下的车管里弹了出来。这个方块开始鼓起来,慢慢膨胀成了一顶蓝黄色的帐篷,形状就像因纽特人住的冰屋,把车子围在中间。自行车面前出现了一个半圆形入口,拉链是拉开的。她向里面望去,看到地上铺了块防水油布。

"说有就有啦。"自行车说。

她脱下运动鞋和袜子,爬了进去,拉上身后的拉链。帐篷很高,她站起来也没问题,而且帐篷壁上还有口袋,可以存放物品。

"我可以坐下来吗?我身上湿透了,虽然我不想把帐篷弄得脏兮兮、潮乎乎的。"

财富号又发出低沉的嗡嗡声。帐篷开始喷出温暖的空气,吹着自行车的皮肤。她感觉就像有好几台吹风机在对着她吹柔风,直到把她身上彻底吹干。帐篷顶上嵌了几盏椭圆形的灯,把帐篷里面照得亮亮堂堂的。屏幕降低了高度,并向侧面倾斜,最后面对着自行车。

自行车笑着坐在垫高的防水油布上,惊叹地问:"哇,你还有什么本领?"

713-J 车型配备了许多功能。要把它们全列出来,需要七小时十八分钟。我可以开始了吗?

自行车摇摇头:"不,我想今后我会更多地了解你的。"她觉得肚子咕咕叫,看见湿漉漉的背包还在车后架上,上面盖着雨披。要是暴雨把雨披浸透了怎么办?她可不想吃泡得烂乎乎的残羹冷炙。"有件事我想问问你。你会做饭吗?比方说汤啊或者热可可?"自行车冲着屏幕问。

按紫色按钮。

自行车按了下紫色按钮,车把末端弹出了一个东西,她饶有兴趣地拿起它。那是一张餐巾纸,里面包裹着一个棕色小球,看起来就像一颗嘟嘟糖。那个小球隐约有点儿热气,自行车把它放进嘴里咀嚼着。小球吃着确实像是从车子里出来的东西:有股橡胶味、金属味和机油味。她小心翼翼地把它吐回餐巾纸里,问:"这是什么?能吃吗?"

该营养丸易于吞咽,含有二十六种人体必需的矿物质和维生素、优质蛋白、脂类以及碳水化合物。一颗营养丸可以提供人体一天所需的能量和营养。而且,它的外层是巧克力。

自行车想到了奥托修士、玛丽厨师和杰里迈亚。她知道他们会怎么看待这种提供能量的营养丸:凡是靠吃营养丸活着的生命算不得什么生命。"嗯,太好了!"她把包着餐巾纸的营养丸放进口袋里,"那么,是阿尔瓦拉多博士给你输入了指令,让你携带帐篷和食物的？"

阿尔瓦拉多博士造就了我。我非常适合长途旅行，我可以为骑手提供住处和食物，甚至能让住处散发一种令人愉悦、放松的香气。

财富号向空气中喷出一缕柠檬味的雾气，自行车感激地嗅了嗅。"阿尔瓦拉多博士不是因为想要弄清楚运气的门道而闻名的吗？他真的有办法算出我们会遇上好运气还是坏运气吗？可他的孩子们似乎并不这么认为。"

阿尔瓦拉多博士在我的中央处理单元加入了一个实验项目，以监测骑手在旅行中的运气。光标闪烁了好一会儿，比平时要长，然后屏幕才又继续显示文字。他在两年十个月十二天前停止了这个项目。到现在我并没有走多少公里，所以我也不知道我能不能成功监测到好运气或者坏运气，也不知道我能否计算出它们是否会发生在我们身上。

自行车不知道该说什么，但她觉得财富号也许会因为缺乏经验而感到尴尬。"没关系，"她安慰它说，"我们还有很长的路要走，在去加利福尼亚州的路上，你会收集到一大堆数据。"

她拉开背包的拉链，想找点儿零食吃。雨披还是有作用的，背包里的东西一样也没湿，但自行车还是想在吃完饭后把所有东西都拿出来检查一遍，确认一下暴雨是否损坏了东西。她找到一

个装着布朗尼的袋子,拿出一块张嘴咬了一大口,然后问财富号:"来点儿音乐怎么样?你能放音乐吗?"

我存储着来自世界各地的音乐。下面是音乐选项列表。列出所有音乐需要四小时十三分十五秒。

自行车看着那些开始在屏幕上滚动的选项,挥了挥手。"就放一些欢快的吧。"她说。

财富号开始发出刺耳的吵闹声,听着就像一个低音大号吞下了一只山羊。"哎,哎,我不是这个意思!"自行车喊道。

系统认为这种音乐很振奋人心,很欢快。也许你希望我把音量调大?

刺耳的声音更响亮了,现在听起来就像是一大群山羊在饥饿的"海洋"中奋力挣扎。"不,不,停下来!"她正思索着听什么好,这时格里芬突然出现在她脑海中,"你知道《哦!苏珊娜》这首歌吗?"

斯蒂芬·福斯特,当然知道。他所有的歌都有储存。

车子开始放《斯瓦尼河》,这个版本由一位嗓音优美的女高音演唱,钢琴伴奏,听着很轻柔。

你更喜欢这首歌吗?

自行车躺了下来,双臂叠在头下。音乐让帐篷变得非常有家的感觉。"很喜欢。"她闭上眼睛说。

15.
在科罗拉多州世界之巅

不知道雨是夜里什么时候停的,第二天早晨空气清新又凉爽。自行车从帐篷里出来,伸了个懒腰。"怎么把帐篷收回车管里?"她问。

你说"请收起帐篷"。

"好的。请收起帐篷。"

财富号像是把整顶帐篷吸到了"肚子"里。自行车把昨天她摊在地上的行李从旅馆大厅的地板上收了起来。唯一被雨水打湿的是那本防水的袖珍波兰语词典,没想到它的吸水性比防水性更强,词典的书页全都粘在了一起。昨天晚上,自行车把它塞到斯皮姆先生送给她的那包海绵里,她想看看海绵能不能在一夜之

间吸走水分,可现在词典仍然湿漉漉的。唉,好吧,它最后肯定会干的,自行车心想,然后她把它跟其他东西一起装回了包里。

她右边肩上扛着车子,左边肩上扛着背包,来到屋外,跨过泥泞的小路,回到大路上。她准备离开这座到处都是灰尘的小镇。

"咱们又上路啦。"她一边忙着把背包系在车子后架上,一边哼唱起来。令她惊喜的是,财富号竟然发出了吉他、口琴和节奏乐器的声音给她伴奏。他们继续向西出发。

路上遇到风滚草,他们只能停下来躲了几个小时。忽然,自行车看到远处出现了一个庞然大物。在地平线的上方,像是有一层厚厚的、低低的云,下面是灰紫色,上面是白色。她定睛瞧了瞧,发现它们根本不是云。前方出现的是雄伟的落基山脉。

那天晚上,自行车在一座被高低起伏的山峰所环绕的小镇过夜。财富号一下子就把帐篷支好了。趁着太阳还没完全落山,她爬上了其中一座小山,看着黄昏的最后一缕光从落基山脉的西边沉了下去。现在,山峰的线条非常清晰,看起来就像一只硕大的狼的獠牙,这只昏昏欲睡的狼正对着天空打哈欠。明天,她就要直接把自己送入这只狼的口中。自行车满心期待着,兴奋到后背一阵战栗。她想知道,科罗拉多州的筑路工人是否像弗吉尼亚州的筑路工人那样,无论坡陡不陡,修的路都是直上直下的。那天晚上,她翻开《车轮的智慧:伟大的自行车运动员的伟大思想》,

想找找看书里面有没有什么关于骑行翻越山峰的建议,结果她读到了兹比格的这段话——

我认为,山就像是惊喜派对:如果你不知道前面有山,那攀登它会更有趣。例如,如果比赛时我知道前面有座山,我就会担心,会冒汗,会紧张得前一天晚上睡不着。可如果我正忙着骑车,忙着享受阳光和新鲜空气,这时前方突然出现一座山,我反倒不会那么紧张。攀登这座山也就成了骑行的另一种乐趣。

天刚蒙蒙亮,自行车就起床上路了。她不停地蹬着车。山逐渐变得陡峭。她集中精神,匀速蹬着脚踏板,就像一个职业自行车手那样。她用力呼吸,想象着跟一群自行车手一起骑行会是怎样一番景象——

每个人你追我赶地争夺有利位置,都想赢得这场必须翻越山顶的重要赛事。对手们用意大利语、法语、西班牙语、比利时语、波兰语和荷兰语呼唤自己的队友,想在气势上压倒她,让她丧失勇气,放慢车速。她对自己说:"绝不可能!"她站起来蹬着脚踏板,仿佛是在冲刺,好甩掉其他车手。她冲到最前面,与其他人拉开距离。她猛地加速,这让其他车手非常吃惊。在这场比赛中,她这个美国女孩展现出了令人难以置信的速度和耐力,有谁能跟她叫板?她一个人冲在最前面,遥遥领先,没人能追得上她!这

个……了不起的……美国女孩是何方神圣……会不会成为"山地自行车赛皇后"?她大口喘息着,仍然站着蹬脚踏板。她假装道路两旁红色和黄色的野花是她慕名而来的粉丝,来亲眼见证她的胜利。

"是的,这个了不起的美国女孩是谁呀?"一个声音从她身后传来。

自行车心想:天哪,我的想象力也太丰富了吧——一定是山上空气太稀薄的缘故。

但她的左边确实出现了一个瘦削结实的自行车手,他就跟眼前这条山路一样真实。他向她敬礼,然后加速超过了她。后面又跟上来六个车手,三男三女,都很年轻,穿着一模一样的荧光黄色骑行服,上面印着"图特黄油爆米花自行车队"。每个人经过时都朝她微笑或敬礼。

最后一个女车手梳着长辫子,在经过自行车时转过身,伸手拍了拍她的后轮。"跟上我们!跟上我们,骑到山顶会更容易。"女车手说。

自行车盯着那个女车手的车后轮。她让自己的前轮离前一个车手的后轮不超过五六厘米,然后拼命地蹬着脚踏板以保持稳定的速度。前面的车手们有条不紊地排成一列,每个车手都紧跟着自己前面的车手。原来跟团队一起骑行是这种感觉!真是太酷了！她想。

骑在最前面的车手向左移动，减慢速度，让其他车手从他右边经过。他让自行车骑到他前面，然后跟紧她的后轮。"嘿，了不起的美国女孩，你喜欢列队骑行吗？"他问。

"喜欢！"自行车喊道。她在修道院放的电影中看到过专业的自行车队这样骑行——队形完美，排列均匀，能最高效地达到最快速度。想要跟紧前面车手的后轮却又不撞到它，这需要百分之百的专注。山路越来越陡了，屏幕上显示出自行车的速度和骑行距离。自行车好像看到屏幕上瞬间闪过"棒极了"这几个字，但她不确定自己是不是看清楚了。

其他几个车手轮流骑在队伍最前面。每过几分钟，前面领头的车手就会让到一边，让后面的车手骑过去，然后紧跟上最后一个车手。现在领头的是那个留着长辫子的女车手，她正用力地蹬着车。她扭头朝自行车喊道："准备好带头了吗？"

"准备好了！"自行车回答。

那个女车手冲自行车竖起大拇指，向路左边靠，然后退到了最后。自行车独自骑在队伍的最前面，带领大家前进。她感到双腿在燃烧，肺在呼唤她放慢速度，但她根本没理会，继续沿着陡峭的斜坡前进。山路弯弯绕绕，骑到下一个拐弯处时，她看清山口就在前面，马上就要到顶了。

163

自行车呼出一口灼热的气息,激动地喊道:"噢耶!"

其他人也跟着喊了起来,他们用不同的呼喊表达兴奋之情——"啊哈!""哇噢哇噢!"自行车踩着脚踏板站了起来,使出最后一点儿力气,冲到山口的大牌子下面。牌子上写着:**狼溪山口,海拔 3300 米。你正站在美洲大陆分水岭上**。自行车喘得很厉害,她觉得自己可能会吐。大家七嘴八舌地围住她,轻轻拍打她的背和肩膀。

"你做得很棒!"

"继续呼吸,这里的空气比较稀薄,你明白的。"

"你知道为什么美洲大陆分水岭如此重要吗?如果你站在分水岭的这面吐口水,你的口水最后就会流入大西洋。在另一面吐的话,你的口水就会流入太平洋。"

"拉倒吧,我看你的口水哪儿也去不了,原地蒸发还差不多。"

"我的意思是说,如果你是往这边的河里吐口水的话,它会跟着河水往西流,往另一边河里吐的话就会往东流。"

"快别说什么口水了!嘿,了不起的美国女孩,来些点心吗?"

自行车犯恶心的感觉时有时无,这会儿过去了。她大口喘着气,有气无力地点点头表示感谢。

车队停下来休息了好一会儿,大家举起功能饮料一饮而尽,又吃了些黄油爆米花。"马上要下山了,教练还在等着我们呢。你要一起吗?"梳着长辫子的女车手问自行车。

"我想我得再休息一会儿。"自行车回答。

那个女车手给了她几包爆米花和几瓶玉米饮料,说这些都是赞助商图特公司提供的,这样他们下山时还能轻快些。然后,他们就像一台台加满了油的机器一样,又排成了一列,骑着车消失在山口的另一边。

现在四季常青的山顶只剩下自行车一个人,她俯瞰着整个科罗拉多州。山顶的空气很好,她一边小口喝着饮料,一边取出明信片。她给修道院写了一封信,高兴地告诉他们她已经到了美洲大陆分水岭,她还给堪萨斯州米德维站的皮茨堡先生写了张明信片。她在明信片上画了座山,山顶上停着一辆自行车,车轮是一张笑脸。

在世界之巅

亲爱的皮茨堡先生,我现在在海拔3000多米的高山上给你写明信片。一望无际的向日葵与平坦的大道固然美妙,但山上也充满了奇迹。如果可能的话,你应该到西部来看看。而且不管怎样,你都要骑车来。

真挚的自行车

自行车又呼吸了几口夹杂着松树清香的稀薄空气,然后一边沿着山的另一面往下骑行,一边欣赏着青葱翠绿的山谷和潺潺的溪流,刚才上山时她错过了一路的美景。到达山脚后,她骑到一座叫帕格萨的温泉小镇,在一个天然温泉泳池附近找到了一家慢生活餐厅。她把财富号停在自行车停放处,伸手在背包里翻找那张已经有些破旧的免费用餐卡,这样她就可以在爬完山后好好犒劳自己一顿了。可那张免费用餐卡好像不见了。她越来越饿了,在背包里来回翻找着,胃里发出响亮的怒吼声。

财富号的屏幕闪了一下:你为什么要发出这样奇怪的声音?

"我饿得脑子不清醒了!"自行车一边回答一边继续翻找。她的肚子又开始咕噜作响,最后一声长长的咕噜声还伴随着冒泡泡的声音。附近的温泉也是这个声音,咕噜咕噜地冒着泡。不过她的肚子叫得更大声,仿佛要和温泉争个高下,看谁弄出来的噪声更响。

如果钱可以购买食物,我可以帮忙。财富号嘭的一声打开屏幕侧面的一个小凹槽,开始嘤嘤作响。槽里滚出三张钞票,落在地上。

自行车捡起一张钞票,那是张百元大钞。她的眼睛瞪得像车轮那么圆。"好的,财富号,这么多够了。"她说着一把抓住钞票撕成了碎片。她把撕碎的钞票扔掉,四处看了看。幸运的是,餐厅外面没人,所以没人注意到一辆自行车居然可以吐出百元大钞。"这些都是假钞,我可不要,不过还是谢谢你。"她说。

这和真正的美元分毫不差。我还能吐出日元、英镑、欧元、卢布……

自行车打断了它:"行啦,我们一会儿再说这个。"她决定把背包先拿进餐厅,慢慢找她的免费用餐卡。

她又在背包里扒拉了一会儿,最后在那本还没晾干的波兰语词典的背面找到了用餐卡。她松了口气,把卡从词典上揭下来,在靠窗的桌子旁坐下,然后请厨师给她做一些适合自行车赛冠军吃的食物。

盘子里高高地堆满了虹鳟鱼意大利面。她刚把叉子伸到盘子里,一位戴着红色头巾的女厨师就走了过来,坐到她桌旁,问:"你是自行车,对吧?"

"没错,就是我!"自行车一边说,一边大口吞着意大利面,下巴上沾了些虹鳟鱼。

女厨师咧嘴一笑。"很高兴终于见到你了,姑娘。玛丽厨师受到你的启发,对我们的餐厅做了改进,现在生意很红火!我敢发誓,对每一家餐厅来说,饥肠辘辘的自行车手都是再好不过的顾客。刚刚我们招待了一队自行车手和他们的教练,他们光甜点就

点了三种。"女厨师往自行车跟前凑了凑,压低声音继续说,"不过我过来并不是为了感谢你,而是想问问你,有没有人跟你讲过那个黑衣女人?"

自行车的嘴巴不动了。

女厨师继续说道:"我们慢生活餐厅的厨师每周都会聚在一起讨论烹饪方法。有些厨师会汇报你走到哪儿了、近况如何。可最近有个人总在餐厅打听你的情况,问东问西的。"女厨师向四周看了看,压低了嗓门儿,几乎是在耳语了。"她总是穿一身黑色的衣服,走进餐厅后就问'有谁看到过一个头发乱蓬蓬、骑着自行车的小姑娘吗'。有厨师说那个女人看着特别吓人,眼神能把人的心冻成冰。目前还没有人把你的情况告诉她。我们都觉得这个黑衣女人的出现不是什么好事。"她坐了回去,"你认识她吗?"

自行车愣住了。拍卖会上的那位女士,拍卖师叫她什么来着?莫奈·格鲁宾克小姐。我在堪萨斯州的慢生活餐厅遇到她的时候,确实吓坏了。她在跟踪我。自行车的目光落在窗外的财富号上。

自行车还记得当她竞拍到财富号时,莫奈·格鲁宾克小姐用那双冰冷、精明的双眼上下打量她的情景。自行车对财富号了解得越多,就越知道它的价值。尤其是现在,她知道,它甚至能吐出大把的钞票买下阿尔瓦拉多博士的全部财产。对于任何一个不诚信守法的人来说,这辆车确实是笔巨大的财富。自行车趴在桌上,大声叹了口气。

"我就知道,"女厨师点点头,"她的出现确实不妙,对吗?别担心,我们谁也不会把你的消息告诉她。你放心好了。"她站起来:"我还是不打扰你吃饭了。"

自行车唉声叹气地抬起头。她的胃口比刚才小了很多。她漫不经心地咬了一口虹鳟鱼,无与伦比的美味让她精神为之一振。女厨师又拿来一筐热气腾腾的现烤面包,上面抹了软软的、融化了的黄油,还有一块快跟她的脑袋一样大的焦糖蛋糕。这下自行车更有精神了。她看着摆在她面前的"热量炸弹",心想:怕什么!想要这辆车可以,但得先追上我。她把一大块黄油面包塞进嘴里,暗自说:"我肯定不会让她好过。"

16.
犹他州抓贼记

　　六月的第一个星期,自行车每天都找最偏僻的地方过夜,她不想被人发现。经过科罗拉多州西部的边境小镇时,她把头盔拉到眉毛下面,不跟任何人说话。自行车想好了,不能让那个"偷车贼"发现自己的行踪,不能让她找到自己和财富号。每次听到后面有汽车靠近,自行车就握紧车把,骑到路边的排水沟里,蹲在财富号旁,保护着它,直到汽车开走。到了晚上,她会更加感激财富号,因为它说它可以把帐篷的颜色变成跟周围环境一致的保护色,等到夜幕降临时,谁也发现不了他们。

　　骑行很辛苦。在辛苦奔波了一周之后,自行车看到前方出现了一块彩绘的标志牌,欢迎她来到犹他州:犹他州——还是那个你该去的地方。标志牌上画的是广阔的蓝天、浅橙色的沙漠，还有一块巨大的岩石，岩石上面有个大洞。牌子底部有个小标志，它告诉自行车，犹他州又叫蜂巢之州。

　　自行车看到前面几公里的路边上，有一个巨大的、不规则的红色物体。自行车不喜欢蜜蜂，因为她曾被蜜蜂蜇过，所以她往前骑时特别小心。如果那个红色物体是变异的红蜜蜂所筑的巨型蜂巢，她打算加速骑过去。她靠得越来越近，才发现那是一个高高的拱门，是一块红色岩石风化而成的。有几个人站在拱门下面拍照，感慨拱门的雄伟。自行车松了一口气，自己也唏嘘感慨了一番。她看到深浅不一的岩石，有红褐色的，有灰粉色的，还看到风和天气雕刻出的光滑的塔楼、拱门、尖顶和圆形凸起。太阳从不同的角度照射着砂岩结构，让它们闪耀出不同的颜色，有时像旧砖石的颜色，有时像新砖石的颜色，有时像未成熟的覆盆子的颜色，有时又像刚刚成熟的红辣椒的颜色。太阳消失了，一切都变成了深褐色和寂静的黑色，无数颗星星在夜空中闪烁。

　　第二天一早，自行车紧盯着每一个穿黑衣的人。她小心翼翼地溜进游客中心，飞快地拿了一张印有岩石拱门的免费明信片，她想给旺达修女和修士们描述她所看到的新的风景——

我觉得歌曲《美丽的美利坚》的作者根本就不知道该

怎么描述犹他州的美景。这里没有金色的麦田、紫色的山峦或者果实累累的平原。它更像是一座由红色橡皮泥修建而成的游乐场。我居然能骑车穿过外星人的游乐场,是不是很幸运?

自行车

自行车又骑了几公里,可她现在想收回刚刚说的话。红色岩石确实很美丽,但它们给树木没留下多少生长空间。与七周前刚上路时相比,这里的树荫少得可怜。还没到午饭时间,财富号上的温度计显示就升到了 38℃,而且从上午到傍晚,天气一直都这么热。

自行车努力回想自己一路上碰到的幸运事,庆幸现在太阳升得更早,落得更晚了,因此她每天赶路的时间也更多了。可是,白天变得更长的代价是她不得不与阳光为伴:连续三天,阳光从头顶直射下来,而干燥的地面又从下往上反射热量。自行车现在总算知道烤箱里被炙烤的、油锅里被煎炸的馅儿饼是什么感觉了。

风常常吹起一团一团的风滚草,它们就像蓬松的马车轮子一样在路上翻滚。无论是加油站的水龙头,还是人们屋子前面的水管,只要有灌水的地方,自行车就停下来把水壶灌满。可水一点儿都不凉,充其量也就比她干巴巴的嘴巴稍微凉一点儿。在壶里晃个几分钟后,水就会变得跟洗澡水一样温暖。天那么热,温水一点儿也不好喝,可自行车又怕不喝水人会被晒干,像风滚草一样飘走。

自行车睡得很不安稳。夜里她不停地做梦,梦见自己被身穿黑衣的瘦女人追赶,那个女人带着凶恶的农场猎犬,那些猎犬还淌着口水,这真是种折磨。有天晚上自行车睡不着觉,掏出手电筒,打开那本《车轮的智慧:伟大的自行车运动员的伟大思想》,想看看书里有没有什么办法来应对高温。遗憾的是,这本书从头到尾压根儿没提在炎热的天气骑行要注意什么,倒是兹比格对在寒冷天气中骑行提出了建议——

有时你会碰到冰冷刺骨的雨雪天气。这是一个全新的挑战。你的双脚首先会失去知觉,它们就像两块冰一样,把你的腿粘在脚踏板上。你的脸会变得麻木——你感觉不到鼻子、嘴唇和脸颊。接下来你的手指会变成冰柱。抬手擦脸时,你根本就判断不出你是不是在擦自己的脸,因为你的脸已经失去了知觉,你的手指也一样。所以有队友是件好事。"乔治,"你会问,"我是不是在摸自己的脸?"而乔治会看着你说:"是的,你是在摸——但要小心!你的手一直伸在嘴里——一不小心你就会误咬掉自己的一根手指。"有队友在你左右十分重要。

自行车把这段话读了又读,直到背下来。她想象自己与冻得透心凉的队友们冒着冰冷刺骨的雨雪一起骑车前行。她不冒汗了,然后睡着了。

她怀疑黑衣女人可能埋伏在慢生活餐厅,等着她送上门。她不放心去餐厅吃免费的饭菜和袋里的食物,于是吞了一些财富号制作的营养丸,那味道真令人作呕。每次财富号给她营养丸时还要大肆宣传一番,说这些营养丸含有人体必需的所有营养元素。自行车宁愿饿死,也不想再把一颗颗油腻腻的营养丸咽下肚。她开始不停地幻想着冰激凌——装在玻璃盘子里的冰激凌圣代,上面盖了打发好的奶油,或者是冰激凌甜筒,上面撒着五颜六色的糖粒,抑或是冰激凌奶昔,厚到吸不动那种。

冰激凌并不是自行车唯一渴望的东西。她从来也没想过,离群索居会让她感到孤独。一直以来,她都觉得沉默和孤独是一件好事,可是西沉的太阳好像在她的肚子上烧出了一个孤独的洞。她想念唠唠叨叨的格里芬,想念在舒适的小镇上遇到的那些有意思的人。她的笔记本上记满了有趣的观察和城镇名称的变形词,以及她哪天吃了什么、口味如何,还有每天的最高温度和骑行的里程数。

又经历了几天的高温天气和躲躲闪闪的生活,自行车强烈地渴望能有真正的同伴,能吃到真正的食物,她不能无视自己内心的渴望。黄昏时分,她直接把车骑到了一座小镇上,然后在一家叫"酷爽摇摇乐"的店铺门口停了下来。她馋得口水都快流下来了,她要点一份有两个冰激凌球的甜筒,不,三个!她要告诉冰激凌店的店员,只要蛋筒撑得住,能装多少个冰激凌球就装多少个,只要掉不下来就行。让财富号给自己印一张5美元的钞票,这么做到底对不对呢?为此她跟自己争论了一整天。最后她告诉自己,这绝对是错的,从而结束了这场争论,等旅行结束后她得弥补自己的过错,给冰激凌店寄一封道歉信和一张真钞票。她把财富号给她打印的钞票装进口袋,但那种感觉并不是太好。她在笔记本上写下了酷爽摇摇乐的地址,在进店之前,她还在这个地址下面画了三条线。

除了柜台后面的一个男孩,店里一个人都没有。男孩一边嚼着口香糖,一边盯着天花板。自行车点了九种口味(薄荷片、巧克力豆、摩卡巧克力、特浓巧克力、花生酱、混合果仁、枫糖杏仁、软糖布朗尼和丹尼斯黑香草)。男孩把堆得高高的冰激凌甜筒递给自行车,自行车把钱递给他。她想分散他的注意力,让他察觉不到这张钞票是簇新的,于是紧张地说:"为什么犹他州的路标上会有蜂巢?"

男孩把钱放进收银机,转过身来两眼无神地看着她。"什么?"他问。

"这里的路标啊,上面不是有个蜂巢吗?可我在这儿没看到蜜蜂。犹他州是不是因为蜂蜜或者类似的东西而闻名的?"自行车想让他的大脑转起来。

她白费了这番口舌。"蜂巢,嗯。"男孩挠了挠肚子,"我不知道。路标上本来就有。"说完他陷入了沉默,盯着墙,又嚼起了口香糖。

"那好吧。"自行车放弃了。但至少这个大大的甜筒满足了她的一个愿望。她坐在一张小桌旁,认认真真地舔了起来。

三个身材瘦高的男孩一起走进冰激凌店,他们挥舞着山地车头盔,互相拍打。三个男孩坐到柜台前的凳子上,点了个香蕉船,大声谈论着他们今天在犹他州国家公园岩层上的骑行经历。

"你们看到我越过那个浅水滩了吗?我飞起来了,飞了!"蓝头发男孩说。

"你是说像瓢虫那样飞吧?你离地面大概只有两三厘米。"另一个男孩讽刺道,他鼻子上穿了一个金色的环。

"至少我试着飞了一下,你这个笨蛋!"蓝头发男孩反驳道,捶了一下同伴的胳膊,"瞧瞧你都做了什么?就会抱怨忘记带防晒霜了!还有,你跟那个令人毛骨悚然的女人说了什么?邀请她去你家里喝茶吗?"

自行车竖起耳朵听着。

第三个男孩的胳膊上有一小块文身,图案是一只飞翔的鸟,他笑着说:"邀请她喝茶?这主意不错啊。不过,那人是怎么了?居然问我有没有在哪儿见过一个骑自行车的小女孩。天哪!你说呢?学校已经放暑假了,外面骑车的小孩儿可多了。更何况,这里那么适合骑行!"

"她是不是穿着黑色衣服?她的眼睛是不是让你的心都凉了?"自行车脱口而出。

三个男孩转过身来盯着她看。

"伙计,她的眼睛很邪恶。"蓝头发男孩张口答道,但文身男孩用胳膊肘儿揉了他一下,让他闭嘴。文身男孩似乎是这三个人中的核心人物。

"你认识她?伙计,她可真够吓人的。她是你妈妈还是……"文身男孩好奇地问道。

自行车非常凶狠地看了他一眼,说:"不,我想她是为了我的车子。她已经跟踪我一段时间了,一旦找到我,她就会把我的车偷走。"

男孩们瞪大了眼。文身男孩说:"她想偷你的车?这可不行,绝对不行!"他走到自行车坐的桌旁,另外两个男孩也跟了过来。他们拉出椅子,坐下来。"需要帮忙吗?"蓝头发男孩问。

自行车舔了舔撒在甜筒上的薄荷片。她看着对面的男孩们,

觉得他们疲惫极了。她厌倦了高温骑行，厌倦了孤独，更重要的是，她厌倦了躲藏。这种疲惫感直达内心深处，即使是九个冰激凌球也无法抚慰。那天在科罗拉多州帕格萨温泉小镇的慢生活餐厅，厨师提醒她要小心莫奈·格鲁宾克小姐，从那天到现在已经过去了漫长的两个星期。她不想继续躲在暗处，这一点儿都不适合她。"也许吧。不过，我不知道你们能帮上什么忙。我想，她已经发现了我的自行车非常了不起，我担心不把车弄到手，她绝不会罢休。"自行车冲三个男孩说。

男孩们听了恼怒地嚷嚷着。

"我们都被偷过车，没有比那感觉更糟的了！"文身男孩说，"那个女人——也许我们可以帮你弄清楚她在哪儿，给她设个圈套。等抓住她，我们就告诉她我们对像鼻涕虫一样甩都甩不掉的偷车贼的看法，保证她不会再骚扰你。"

"卡洛斯，以前我们从没做过这样的事。"鼻环男孩迟疑地说。

蓝头发男孩看起来不知道应该同意哪个伙伴的意见。

文身男孩，其他两个男孩都叫他卡洛斯，他不许他的朋友们退缩。"伙计们，我们可以做到。想想看，这就等于为我们被偷的自行车、为全世界所有被偷自行车的人报仇！"他气愤地说。

蓝头发男孩沉思一阵后说道："我一直希望能找到偷走我第一辆自行车的人。当初偷车贼让我多难过，我就要让他多难过。

好,算我一个!"

鼻环男孩见两个伙伴都同意了,便对自行车点点头。"也算我一个!"他说。

自行车注意到,卡洛斯的文身是贴上去的。这几个男孩不像他们装出来的那样凶悍,他们很热爱骑行。她觉得只要是热爱骑行的人,她都可以信任。"好,"她说,"说说看,你们觉得我们能做什么,怎么做才能让那个令人毛骨悚然的女人离我远点儿?不过我不想伤害任何人或者任何东西。"

"嗯,我们不会伤害任何人。我们会想些办法说服她,让她以后别再偷车。"卡洛斯说,"我们曾看到她在公园里,她骑着车离开时是往这边走的,所以她很可能还在镇上。天太黑了,除了镇上她没地方可去。"卡洛斯边说边指着女人离开的方向。

"什么?她骑着车?"自行车很难想象莫奈小姐骑着车的样子。等等,也许她会这么做。那应该是辆黑色的、有棱有角的自行车,从穷人那里偷来的。"也就是说,我不是她唯一的目标。她很可能偷了很多自行车!我们要怎么做?我们要怎么做?"四处躲藏的疲惫和担心车被偷的紧张情绪交织到一起,让自行车隐约产生了一种新的、义愤填膺的情绪。

卡洛斯说:"首先,我们把车子推到里面,这样就可以密切关注它们。"他叫住在柜台边工作的男孩:"鲍比,我们打算把车推进

179

去,你不介意吧?"

他们把山地车和财富号推到里面,靠墙停好。卡洛斯搓了搓手说:"那么,这个计划怎么样?"

四个人又吃了一些冰激凌,在店里待了一个多小时,讨论接下来该怎么办。他们讨论得十分投入,以至于自行车都忘了问蓝头发男孩和鼻环男孩的真实姓名。冰激凌店就要打烊了,三个男孩在自行车周围围成一个三角形,跟她一起骑车回到卡洛斯家,然后在乱糟糟的园艺棚里给她清理出一块地方。

卡洛斯说:"你在这里很安全。我爸妈已经很多年没种过菜了。明早我过来后会先敲三下门,这样你就知道是我,然后我们再去跟他俩会合。必要的洗漱用品你都有吧?"

自行车拍了拍财富号的座位,说:"当然。"

卡洛斯笑了笑,关上身后园艺棚的门。自行车按下了绿色按钮,爬进帐篷,把他们计划好的事告诉了财富号。财富号的屏幕上显示——

你们的计划很有意思。你们也许需要一些好运才能成功。等遇到那个黑衣女人时,我可以助你们一臂之力吗?我有一张织得很密的渔网,也许能派上用场,我还有导弹发射器。

"不需要导弹,"自行车赶忙说,"不需要那样的东西。我们只是打算吓唬她，让她别缠着我，让我到加利福尼亚州去。在无法确定她是否已经打消偷车的念头之前，也许我们可以用渔网把她困住，让她没法儿逃。"

明白了。财富号不慌不忙地眨了眨"眼睛"。我会做好准备的。

第二天，自行车和卡洛斯与另外两个男孩在冰激凌店的停车场碰头。

"好了，"卡洛斯说，"我们先抄近路吧，然后骑到通往镇子外的那条大路上。"

他们骑车穿过岩层，晨光把他们的脸蛋儿照得通红。自行车看到前面几公里处有一条窄窄的路，这条路穿过一片空旷的沙地、岩石和荒凉地带。

"那边有几块广告牌，给我们打掩护再合适不过了。"卡洛斯说。他坐直身子，双手撒把，蹬着脚踏板。"哪怕她在几公里外我们都能发现，等她骑到我们面前时，嘭！"他用戴着手套的拳头砸了下另一只手的掌心，又拍拍肩膀上破背包的背带，"她以后再也不会烦你了！"

他们奋力往前骑，骑到卡洛斯盘算好的那个地方。路两边各有一块广告牌孤零零地立在荒凉的土地上。左边广告牌已经褪了色，上面写着：洁亮牌牙膏——一路笑容更灿烂。右边的广

告牌则会吸引那些"喜欢"蛀牙的人:甜蜜时刻太妃糖——与你同甘共苦!

他们把车子停在牙膏广告牌后面,确保没有东西挡住他们的视线。太阳已经像炼钢厂的鼓风炉一样,猛烈地喷出熊熊热气,还好在高高的广告牌后面有一小块阴凉。广告牌上有个小洞,卡洛斯可以通过小洞看到路面的情况。

他观察了一会儿,吹了声口哨儿说:"她的速度可真快——我不得不承认。"

"她来了?"自行车感到一阵惊恐。她突然觉得,与跟踪者面对面地对峙不是个好主意。现在她想改变主意,继续逃跑。蓝头发男孩看到她脸上惊恐的表情,拍了拍她的头盔。

"是的,"卡洛斯回答,"离我们还有六七公里。绝对是她——黑衣偷车贼。"他拉开背包拉链,把一袋烂乎乎的红色东西递给蓝头发男孩后说:"到另一块广告牌那边去,等我信号。"

蓝头发男孩和鼻环男孩快速穿过马路,躲在太妃糖广告牌后面。他们往卡洛斯和自行车那边看去,竖起大拇指。自行车眯起眼睛。他们等待着,时间仿佛凝固了。

卡洛斯低声说:"她越来越近了……更近了……等着我……"他挥舞着手在空中画了一个圈,喊道:"快!走,走,走!"

蓝头发男孩和鼻环男孩从太妃糖广告牌后面冲了出来,胡乱嚷嚷着。他们抄起烂番茄,往那个黑衣女人身上砸去。黑衣女人惊讶地大叫一声,停下车,用手挡住脸。接着,卡洛斯又跑到她身后扔烂番茄。黑衣女人头盔后面有一大片被砸得黏糊糊的。

"别来烦这个女孩!自行车是她的!你别想偷走!"卡洛斯吼道。

蓝头发男孩又冲她砸了一个烂番茄。黑衣女人躲开了,她骑上车,跑到他们砸不到的地方。

"你以为你能跑到哪儿去?"鼻环男孩大喊道。

自行车瞪大了眼睛。如果偷车贼逃走了,以后仍然跟踪她怎么办?她只能继续东躲西藏,没法儿停下来,只能在冰激凌店或慢生活餐厅吃点儿东西,甚至不得不吃财富号制作的营养丸了。

自行车强忍住心头的恐惧,把财富号推到路上,朝那个落荒而逃的身影走去。她喊道:"财富号,现在轮到你了!"财富号座位顶部的面板弹开了,向那个黑衣女人弹射出一张加密的网。这张网将她从头到脚罩住了,还把她的车也给缠住了。她又踢又蹬,拼命挣扎。

自行车躲在卡洛斯身后,而卡洛斯则摆出一副好勇斗狠的样子说:"听着,女士,你得保证,以后别再跟踪这个女孩,并且永远不再靠近她和她的自行车!"

蓝头发男孩插话说:"对这一片的偷车贼,我们可不客气!"

他把大拇指钩在皮带环上,有那么一瞬间,他看起来就像个流氓警长。

黑衣女人终于开口喊道:"什么?偷车贼?你居然敢说我是偷车贼!"她的声音让自行车觉得很奇怪。自行车越过卡洛斯的肩膀偷偷瞥了一眼。

黑衣女人仍然被缠在网里,她勉强转过半个身子,一只手撑在车把上。"我可不是来偷东西的。我要救一个女孩!"她把脸上烂乎乎的番茄和粘在一起的头发拨开,瞪着几个男孩。自行车被吓呆了,她倒吸了一口凉气。

那是旺达修女!

旺达修女冷若冰霜的蓝眼睛盯着自行车,停顿了几秒钟说:"事实上,我要救的那个女孩就在我面前。"

自行车费力地咽了下口水。

卡洛斯对旺达修女的话嗤之以鼻。"是吗?"他边问边把自行车推到前面说,"你告诉她,让她离你远点儿,我们不会让她伤害你的。"

旺达修女的黑色修女袍上沾满了一块块烂番茄,就像一摊摊难闻的胶水。不过,这不是她平日里穿的修女袍,这件袍子剪裁得更短、更紧,是运动时穿的。她下身穿的是黑色的氨纶骑行裤。

"我……对不起……"自行车低声说道,她好不容易才挤出了一句话。

"对不起？对不起？"鼻环男孩质问道,"你在说什么呢？她不是偷车贼吗？"

"不,"自行车可怜兮兮地说道,"这是旺达修女。我在修道院长大,她是那儿的修女。实际上,正是她让我明白,偷东西是不对的。"

"旺达修女？她是个修女？"

三个男孩瞪大了眼睛。

"天哪,原来她是个修女,她们早就认识!"卡洛斯喊道,"我们快走吧!"

男孩们手忙脚乱地骑上车,扬起一团灰尘。只有自行车留了下来,独自忍受着旺达修女默默的注视。

17.
导弹发射功能无法操控

有那么一瞬间,自行车想跳上财富号,骑车去追那几个男孩。但她没那么做,她从背包里掏出小折刀递给旺达修女,旺达修女三下五除二就把网割开,走到了自行车面前。番茄汁顺着她的皮肤和衣服滴滴答答地淌,但这位退休的修女还是跟以前一样威风凛凛。

"你把我当成其他人了是吗？对你的车不怀好意的偷车贼？"旺达修女双臂抱在胸前问道。

"是的,修女。"自行车凄惨地说。

"所以你找来这些帮手,"旺达修女朝男孩们消失的方向指了指,"要给偷车贼下套。没错吧？"她走到财富号跟前:"而这辆车弹射出的网能把人给困住,是吗?"她用一根手指敲了敲财富号的车架,然后目不转睛地盯着自行车。

"那几个男孩我其实不算认识,是昨天在一家冰激凌店遇到的。但你说的基本都是实情。"自行车低着头,脚在沙砾和稀疏的草地上回来摩擦,"我很抱歉,旺达修女,我不知道是你。"旺达修女身上仿佛散发出火药味,看来自行车的道歉还远远不够。

"好吧。"旺达修女说,她沾满了烂番茄的脸上露出一丝微笑,"看来你好像并不太需要有人来解救你。"旺达修女突然伸出双臂,抓住自行车,把自行车拉进她温暖又黏糊的怀里:"你这个傻姑娘!"

自行车如释重负地呼出一大口气,抱住旺达修女,说:"你原谅我了?"

"当然喽,亲爱的。我又不是铁石心肠。如果你明知道是我还这么干,那就另当别论了,"她说,"你的麻烦会很大。但就目前的情况来看,你做得很棒。你知道我发现了什么吗?对于一个从未出过远门的12岁的孩子来说,你有非常强的生存技能。还有,你也很擅长在意想不到的地方找到援兵。"旺达修女原谅了自行车。"好啦,我们现在得找地方清理一下,免得这股馊了的番茄味一直跟着我。我记得好像在哪儿看到过一块广告牌,上面说这附近有个加油站……应该就在下一个转弯处。"旺达修女说。

旺达修女坐到车上，把搭在车上的黑色修女袍理好。这辆自行车有三挡调速，不过它看起来就像一个老古董，老得很适合在古埃及的道路上骑行。

自行车骑上财富号跟着她，自行车有很多疑问："你是怎么来的，旺达修女？我没想到你居然会离开修道院，修道院没人管理怎么办？还有，你为什么会骑车？你是跟我一样，从华盛顿特区骑过来的吗？"旺达修女经常穿着修女袍跑步，但自行车从未见过她穿着修女袍骑车。

"追踪你本身就是一次冒险。"旺达修女在干燥的路面上蹬着车，回答道。自行车骑到她身旁。"我看了那张字条，你说你要去加利福尼亚州，我本以为你肯定会放弃，当天晚上就会回家。后来我以为你第二天一定会回家。我打电话让警察去找你，但他们在华盛顿特区没发现你的踪迹。几天后，我收到你寄来的一张明信片，上面详细列出了弗吉尼亚州的奶牛数量！"旺达修女说。

"于是我给邮戳所在的那座小镇的警察打电话，他们告诉我，找一个骑自行车的女孩就像大海捞针，因为哪里都有骑自行车的孩子。我说服他们去找找看，但他们同样没找到。我按照你寄来的明信片上的邮戳，从弗吉尼亚州东部的警局打到西部的警局，但我想我们总是落后你一步。你骑得比我们预想的要快。"

自行车得意地咧开嘴笑了，又赶紧闭上嘴，努力装出一副更加忏悔的样子。

"在你差不多走了两周后,我想一定有更好的办法能帮我找到你。然后你的明信片就从肯塔基州寄过来了。你知道,几静修道院的修士们不赞成买汽车。"

这一点自行车的确知道。

"所以我从应急基金中取了一些钱,买了前往肯塔基州路易斯维尔的火车票,还从路易斯维尔几静修道院的修女那儿借来了这辆自行车,我要亲自找到你。我猜你应该会去看肯塔基州的赛马比赛,可那天人真多啊,我几乎都没怎么看比赛,一心只想找到你,但还是没看到你。"

自行车想:等旺达修女回答完她的问题之后,她再把赛马那天碰到食人魔的事讲给她听。自行车问:"你是说你借了这辆车来找我?"

"是的,这辆车和一些野营用具。要是你在火车轨道旁边骑车,那我一下子就能从车窗看到你,但你不会那么做。我问自己,如果警察都找不到你,那我应该怎么做?我的回答是,要想追踪到一个骑自行车的人,正确方法是让自己也骑上车。我想,如果我跟你吹着同样的风,看到同样的牛群,我就能清楚地感知到你可能在何处。"

自行车点了点头,明白旺达修女所说的道理。

"我让奥托修士负责管理修道院,最高修士准许他这段时间违反几静誓言,直到我回去。说实话,奥托修士在获得最高修士准许的那一刻,似乎比平时开心多了,他现在想说话就说话,而其他修士也不会竖起指头让他安静。总之,我常常用公用电话联络他,询问修道院的情况。(几静修道院的修士既不愿意买汽车,也不愿意买手机。)他告诉我你寄了明信片,然后我把每一张明信片的邮戳信息都标在我自己的地图上,这样我就知道我离你是不是更近了。"

"所以,从肯塔基州开始,你就一直跟在我后面吗?可你怎么确定你走的路线是对的呢?"自行车问道。

"谁教你看地图的,嗯?"旺达修女问道,"是谁告诉你,地图上最粗、最直的线代表的是州际公路,州际公路上不准骑车,而更细、更弯曲的线代表的是适合骑行、风景迷人的道路?而且,根据你明信片上的邮戳,我大概能估算出你骑行的平均速度,推断出你可能会走的路线。你从密苏里州寄回去一张印有慢生活餐厅连锁店具体地址的明信片,奥托修士一收到这张明信片,我就让他给我寄到了密苏里州西部的一家邮局,然后我再去邮局取走。"

"不过,不知道怎么回事,你在堪萨斯州的骑行速度比我快了很多,因为明信片上邮戳相对应的地方,比我估计的能找到你的地方要远一百多公里。我试过了,但我似乎骑不了像你那么快,也追不上你。最后，在科罗拉多州边境，一位好心的女士让我搭她的便车，她要去那里的几静修道院看望她的双胞胎妹妹。她把我的自行车塞进后备箱，开车载我翻越了落基山脉。所以，我才会站在你的面前。"旺达修女说。

她们到了加油站后，说服店员同意她们用一下洗手间，好把身上那些烂番茄清理干净。几分钟过后，她们从洗手间走了出来，都换上了干净衣服。旺达修女在洗手池把脸和头发冲洗干净，换上了干净的修女袍和裤子，还有一双漂亮的天蓝色袜子，袜口绣着"神圣八词"。虽然白色运动鞋上还有一些粉红色的斑点，但她已经尽力了。

"好多了，"她叹了口气，"现在跟我说说偷车贼是怎么回事。"

"科罗拉多州慢生活餐厅的一位厨师告诉我，有个黑衣女人在打听我的消息。我以为她说的黑衣女人是我在堪萨斯州拍卖会上看到的那个女人，她很想要我的自行车。自从在拍卖会碰到她之后，我一路都在隐藏自己的行踪，以免被她抓住。"自行车说。

"是吗？好吧，怪不得你那么难找。我总想着你会在下一个拐弯处出现。"旺达修女抬起腿，正准备跨上她的粉色自行车，突然，前轮发出嘭的一声巨响和刺耳的嗞嗞声。

"让我来。"自行车主动要求帮忙，"刚刚我用网把你罩住，害得你像条鱼一样在网里挣扎，又糊了一身烂番茄。为了弥补我的

过失,这是我起码应该做的。"

"的确。"旺达修女表示同意。

自行车找到她的工具箱,开始忙了起来。旺达修女走到停在一边的财富号跟前。

"这不是哐当。这辆自行车有什么故事吗?它看着很高级。"旺达修女问。

自行车把内胎拽出来,想着应该怎么跟旺达修女解释。"哐当被一群巡游的猪给撞坏了,我只能把它留在那儿。这辆车是我在堪萨斯州的拍卖会上拍来的。它有一些巧妙的功能,比如内置帐篷和应急食物。"自行车把瘪瘪的内胎检查了一遍,发现里面嵌了两根小刺,她把刺拔出来,扔到远处的灌木丛中。

"什么?哐当参加巡游了?"旺达修女一边仔细看着财富号的屏幕,一边心不在焉地评论道,"看看这些按钮,真是高科技啊!这个按钮是做什么的?"她点了一下边上的红色按钮。见屏幕没反应,她一遍又一遍地按着那个按钮。

导弹发射程序已初始化。倒计时开始,10,9,8,7,……

"导弹发射?导弹发射!自行车,怎么把这东西关掉?"财富号开始倒计时了,旺达修女着急地大喊。

自行车冲过去,疯狂地晃动着红色按钮,然后把财富号上她能看到的其他按钮都按了一遍,但无济于事。财富号还在倒计时。

"我不知道怎么能让它停下来！财富号,你在干什么?!"

导弹发射功能无法操控。4,3,……

旺达修女抓住财富号的车把来回摇晃,像是要把它掐死。"你给我马上停止倒计时!"她命令道。

2,1。**现在发射。**

旺达修女松开财富号,往后退了一大步,把自行车拽到她身后。财富号倒在地上,嗡嗡作响。它打开车架上的一块面板,从面板中伸出一个银色金属材质的长轴,指向天空。嗡嗡声变成了嗖嗖声,接着一个长长的、有斑点的管子从轴中射出。它在空中直线飞行了几百米后,速度减慢,然后朝着她们站的地方回落。

旺达修女喊道:"小心!"她和自行车一起跑到远处,抱着头蹲下来。

管子落在一丛杂草里。她们俩紧闭双眼,用手捂住耳朵,等待导弹爆炸的那一刻。可几分钟过去了,什么声响也没听见。

自行车睁开一只眼睛,看着旺达修女用手和膝盖撑着身体,爬到那丛杂草旁,只见她勇敢地将那丛杂草拨到一边,然后喘了口粗气,伸手拔出一条长满斑点的橡胶蛇——就是会从整蛊花生罐头里蹿出来的那种弹跳蛇。

橡胶蛇从旺达修女的一只手上垂下来。她走过去把财富号从地上扶了起来。她看了它一眼。自行车认为,不管财富号有没

有生命,都应该能从旺达修女的眼神中觉察到危险。

"这是什么意思?"旺达修女问。

发明我的人没能在车架里放置导弹。他只在车架里放了一条橡胶蛇,后来就停止了对我的开发。

旺达修女拿着橡胶蛇在手上甩了甩。"要是你再搞这样的噱头,高级自行车先生,你将会失去比导弹更多的东西。你能听明白我说的话吗?"旺达修女不满地问。

能。

财富号的屏幕没再显示什么。自行车也没责怪它。一旦把旺达修女惹火了,任何人,或者说任何东西都会被吓得不敢说话。

自行车把车胎修好了,旺达修女跨上那辆粉色的自行车。

"好。"她往四周看了一圈,确定好方向,"我们要继续向西走。"

自行车松了一口气,喊了一声:"哦!"刚刚她满脑子想的都是跟旺达修女赔礼道歉,接着又碰上财富号发射"导弹",她都没顾得上思考接下来会发生什么。"你是说你要和我一起去加利福尼亚州? 谢天谢地! 我们离州界不太远了,那个祝福活动一定会很精彩,而且,我迫不及待地想看看太平洋……"自行车兴奋地说。

旺达修女打断了她:"你误解我了,孩子。我们继续向西不是去加利福尼亚州,而是去内华达州。"旺达修女说完就开始蹬车。别无选择的自行车只能跨上财富号,跟着她。"友谊工厂非常理解我的处境。他们同意,等我赶上你之后,就让你在离他们最近的分支机构参加夏令营。我这儿有一份他们所有分支机构的目录,最近的是卡拉米蒂,我把你送到那儿。从内华达州边境到那儿用不了四天。你要在那儿度过为期六周的夏季强化训练,并保证交三个朋友,结束后就坐火车回修道院。"旺达修女边骑边说。

自行车惊愕地张大嘴说:"什么……什么?友谊工厂?……我?"最后一个字卡在她的嗓子眼儿里。此时她甚至说不出一个完整的句子,也不想弄明白旺达修女说了些什么。

旺达修女摇了摇手指,自行车觉得仿佛又回到了修道院的教室里。"你知道我有多担心你,一个孩子在那样安静的地方,整天与闷不作声的老修士和一辆生锈的旧自行车待在一起,这不正常。逃避你的问题永远解决不了任何问题。自行车,你必须面对它们。你要学会交朋友,就这样。作为你的监护人,如果我没注意到这一点,那就是我失职,而我从来没有失职过,我相信你现在也看到这一点了。"旺达修女语重心长地说。

"但是……但是……我不是在逃避我的问题,我是通过骑行来解决问题!我要和兹比格交朋友。旺达修女,你不必这么做。"

"恕我不能赞同,亲爱的。"旺达修女说。

自行车想办法说服旺达修女:"我已经和一个幽灵交上了朋友,要不是有838头猪从他身上踩过去,他现在也会在这儿给我做证!"话刚说完,她就反应过来,这根本无济于事。

"我不会因为你编造了关于想象中的朋友的故事就改变主意的,没什么可说的。"旺达修女回答。

"可是我……"

旺达修女看着她,眼神里一半是怜悯,一半是坚定。"我知道你不想去。可你太年轻了,还没能力为自己做正确的决定。你需要长辈的智慧来引导你,亲爱的,事情就是这样。"旺达修女结束了她的训话,她的语气告诉自行车,讨论到此为止。

自行车两眼噙满泪水,望着一袭黑衣的旺达修女的模糊身影,她在前面蹬着车,挡住了自行车的路。这比被偷车贼跟踪要糟糕得多。自行车机械地踩着脚踏板。她平生第一次害怕往前走,毕竟,她要被送进友谊工厂了。从修道院出逃是一场徒劳的冒险,现在冒险已经结束了。在旺达修女的监视下,这一次她真的无路可逃。

18.
全美最孤独的公路

这天下午很漫长,自行车和旺达修女骑着车,一句话也没说。她们骑到一处露营营地,旺达修女说:"我看这地方过夜最好不过了,就这里了。"她们放慢车速,把车停下来。旺达修女在前台登记,服务员把她们分到简陋的泥土营地,营地附近有一个煤渣砖建的洗手间。她们没看到其他帐篷或者车子,来这儿过夜的都是开着房车的旅客,房车有大有小,有舒适型的,也有豪华型的。

"来帮我搭帐篷吧,我们可以住一起。"旺达修女说着,从她自行车后架上解下挂篮。

财富号开始哔哔作响,目的是让自行车注意到自己,告诉她按绿色按钮,告诉她帐篷很大,质量也很好,足够她们两人住,还

要告诉她它可以让帐篷里飘着令人愉悦的、放松的香气。"财富号希望你试试按这个绿色按钮。"自行车说。

旺达修女走过来问:"嗯?你能保证这次没有导弹吗,高级自行车先生?"

请按绿色按钮。

旺达修女拿着睡袋,看了看自行车,自行车点了点头。旺达修女按了下绿色按钮,然后拉着自行车往后退了一步。财富号立刻大显身手,变出了一顶帐篷。自行车跟着旺达修女走进了蓝黄色的圆帐篷。

"天哪,天哪,"旺达修女一进去就感叹道,"这也太豪华了!"

财富号喷出柠檬味的雾气,开始演奏大提琴协奏曲。屏幕闪了一下:**不喜欢巴赫的话,我还有贝多芬和勃拉姆斯。**

"你的自行车能演奏古典协奏曲?看来中间发生了很多事,亲爱的。你打算跟我说说哐当和猪群巡游是怎么回事吗?"

旺达修女展开睡袋,掏出她自己的小线圈笔记本翻了翻。自行车看到上面画满了骑行路线图,还用铅笔标记了精确的地点。

"来对比一下我们的笔记,看看我们能从中学到什么。"旺达修女说,"然后想想晚上吃什么。"

自行车从她的背包里翻出了她的黄色笔记本。她看着脏兮兮、沾了巧克力的封面,想到里面记的这一路的点点滴滴,感觉自己可能会哭出来。她把笔记本递给旺达修女。"给你,想看你就看,我太累了。"她闷闷不乐地说着,从背包里拿出毯子,在帐篷的角落里躺下了。她闭上眼睛,假装睡着了,直到她真的睡着了。

第二天她们要骑很多下坡路,本来下坡是件很刺激的事,但自行车一点儿也不高兴。旺达修女想跟她说话,但她坚守着"神圣八词"准则。旺达修女最后只好作罢,脸上摆出一副"我知道怎样对你最好"的神情。她们就这样往前骑着。

她们经过一块黑红色的牌子,上面写着:欢迎来到内华达州,还画着一个拿着镐头的探矿者。自行车看了内心毫无波澜。旺达修女在加油站停了下来,买了一张明信片,上面是一只长耳野兔,头上粘着小小的羚羊角,卡片上方有一行大写的黄色的字——来自内华达州的问候!旺达修女简单写了几句话,告诉奥托修士和最高修士,她已经找到了自行车,很快就能安全地把她送到友谊工厂。自行车寄了一张明信片到绿沼,她想不出写什么好,于是只写了两句话——

亲爱的格里芬、杰里迈亚和埃斯特拉:

旺达修女找到了我,我肯定去不成了。

自行车

太阳升得更高了,炙烤着周围的一切。自行车脸上的汗流成了小河,她不停地抬手擦汗,而现在还没到十点。"天哪!我以为犹他州已经很热了。"她说。

"如果我没记错的话,内华达州平常就是这么热。"旺达修女说,"说到热,你还没见识过真正的热。我读过关于西南地区地形和地貌的书,前方等着我们的沙漠和山脉可不像科罗拉多国家公园里的那样。内华达州的这部分地区就像一块巨大无比的、褶皱起伏的地毯。爬上一座山,从另一面下山,接着是一段长长的平路,几公里后,地毯上又会隆起一座山,然后又是一段平路。"

"我想你肯定想知道,为什么我不直接买去卡拉米蒂的汽车票,那样就省得骑车了。"旺达修女继续说道。

自行车根本不想知道。去友谊工厂那种地方,当然是越慢越好。"但内华达州的这片地区不像华盛顿特区,我们要去的地方根本不通地铁和公共汽车,所以还是得靠这四个轮子。我们俩都已经证明了,我们的肌肉足够强壮,可以再坚持三天,不是吗?"旺达修女补充道。

自行车没作声。

"前提是要保证喝足水,不招惹野牛就行。"旺达修女告诫道。

财富号发出哔哔声,似乎是对旺达修女的建议表示支持。内华达州的这片沙漠地区的平均气温经常超过38℃。我的传感器显示湿度极低。多喝水,不招惹野牛是明智之举。

"我没想招惹谁!"自行车说。她对财富号嘀咕道:"你不必对她言听计从。你就不能站在我这边吗?"

财富号的屏幕闪了几下,接着显示:我不能站在你这边,那样你就没法儿骑我了。但我会永远陪着你。

自行车想了一下。"谢谢。"她说,"我想我应该跟你说谢谢。"

自行车一件事都不愿多想,但她忍不住瞪大眼睛寻找野牛的踪影,她才不管它们有多可怕。她看到很多黄色的路标,路标上警告说附近有牛、麋鹿和羚羊活动。但这片区域似乎什么动物也没有,只有一闪而过的毛茸茸的兔子尾巴,暗示着有生物在干旱、寂静的沙漠中活动。

如果说内华达州的动物很少,那么内华达州的人口也同样稀少。她们骑了很久也没看到一座城镇。唯一能证明沿途有人类居住的是一些小便利店。在内华达州的第一个晚上,她们在一家旅馆的街边过夜。

第二天,自行车仍旧一声不吭,她的情绪一直在变化,从绝望、失望到愤怒,到后悔,到一时脑热想要制订逃跑计划,然后当她看到旁边那个挺拔又固执的身影时,情绪又会回到绝望。就连去慢生活餐厅吃午饭,她都觉得没什么胃口。她食不知味地嚼着千层面和牛排,然后很不情愿地吞下去,直到一口也塞不下。吃

东西有什么意义呢？这只会让她有力气骑自行车。骑自行车又有什么意义呢？它只会把她带到卡拉米蒂。如果去的不是自己想去的地方，即使骑车穿越了全国，也不会有任何乐趣。

厨师过来询问她们吃得是否满意，结果看到自行车用叉子把盘子里的意大利千层面搅来搅去，他看了她好一会儿。"你是自行车吗，大家都很关心的那个女孩？你要去加利福尼亚州对吗？"他问。

"是的，先生。"她说。她希望他能理解，她没胃口并不是因为他厨艺不精，而是因为她觉得胃很胀。

"我是自行车的监护人，旺达修女。"旺达修女向厨师介绍自己，"感谢一直以来你们对她的照顾，你做的菜很美味。"

"谢谢你，我们很自豪。"厨师回答。他把一条洗碗巾丢在地上，然后弯下腰对自行车小声说："你还好吗？这是那个一直在追查你行踪的黑衣女人吗？她看着不像其他厨师说的那样瘦骨嶙峋，但他们说她的眼神能穿透一个人，这点没错。"

自行车竭力想告诉厨师她的困境，希望能得到他的帮助。可她张了张嘴，什么也说不出来，就像一个受训的修士，不知道该用"神圣八词"中的哪一个。她心里不是很有把握，最后只好回答："我很好。"

厨师歪了歪头："既然你这么说了，那我把剩菜打包给你带上。"他说着把她剩下的食物带回了厨房。

当厨师把打包好的饭菜送过来时,旺达修女站起来向门口走去。"来吧,"她说,"在睡觉之前我们还有很多路要走。"

那天晚上,旺达修女把她的地图与财富号的导航系统比较了一番,确定了去友谊工厂应该怎么走。第二天,沿途的路标告诉她们,她们正行驶在全美最孤独的公路——50号公路上。她们骑车经过了全美最孤独的五金店、最孤独的高尔夫球场,还在全美最孤独的熟食店买了一些贝果。最后,她们来到了全美最孤独公路边的最孤独小镇上。这里有一家赌场、三家餐馆,还有一座歌剧院。

"有歌剧院当然很高雅,不过,我们要看看这里有没有冰激凌店,它才是衡量一个地方是否文明的真正标准。"旺达修女说,"快到卡拉米蒂了。我们先停下来吃点儿东西,然后再找露营的地方。我要用公用电话联络友谊工厂,告诉他们我们明天就能到。"

没过多久她们就找到了一家冰激凌店,自行车和旺达修女坐在柜台前,两人面前都摆着一个花生酱热软糖圣代,上面堆满了手工打发的鲜奶油。自行车知道旺达修女请她吃冰激凌是想对她示好,但是圣代一放到她面前,恶心反胃的感觉就涌上来了。她无精打采地用勺子捅了捅鲜奶油,胃里开始翻江倒海,她知道自己吃不下。她觉得应该给自己塞一颗财富号制作的营养丸,免

得身体出问题。

"我要去车上拿点儿东西。"她对正在埋头吃圣代的旺达修女说。自行车慢慢吞吞地走出门,往车子那边走去,迎面而来的热浪和强烈的阳光让她睁不开眼。她甚至都没看到车旁边站了个人,一头撞了上去。

"对不起,先生。"她抱歉地说。

那人没回答。他盯着财富号,神情恍惚。

"对不起。"她又说了一遍,"我需要用我的车,谢谢。"

那人回过神,盯着自行车:"嗯? 哦,当然,请。"他后退了一步,看起来很茫然。

自行车走到财富号跟前检查她的背包。包里的东西好像没人碰过,但那人这么关注她的车,这让她很紧张。她蹲下来,假装在调整刹车线,然后把财富号挪到边上,谨慎地窥视着她身后的那个男人。

那个男人衣冠楚楚,他还站在那里,望着远处。他的头发梳理得很整齐,一头油亮的黑发掺杂了几缕灰色。他穿着深蓝色的西装和淡蓝色的衬衫,系着银色领带,领带上装饰了一些小小的花纹。她又看了他一眼,觉得他似乎并没有恶意。她站起身,按下紫色的按钮,拿了一颗营养丸,又回到冰激凌店,觉得还是坐在空调房里舒服。旺达修女已经吃完了圣代,正在角落里用公用电话给友谊工厂打电话。

当那个男人走进冰激凌店,门上的铃铛叮当作响,他在自行车旁边的凳子上坐了下来。自行车赶紧喝了一大口冰水,把营养丸冲进胃里。他点了一份双层仙人掌奶昔。自行车用眼角的余光瞟了他一眼,发现他也在瞟自己。

他嘴角动了动,低声问:"是他们派你来找我的吗?"

自行车转过身来面对他:"你说什么?"

他激动地朝她拍打双手,稍微大了点儿声:"不,别看我!假装我们没在说话。你只要告诉我,是我的孩子们派你来的吗?还是政府——他们想让我为他们发明点儿别的东西吗?"

自行车吓了一跳,她迅速把头转向前方,低声说:"我不知道你是谁,先生。现在我得走了。"她慢慢地从凳子上往下挪,准备冲向旺达修女,她觉得旺达修女身边是安全地带。

那男人放下故作神秘的姿态,面对着她,语气也恢复了正常。"你的意思是,你骑着那辆车出现在这座小镇并不是为了找我?"他拍拍手,就像过圣诞节的小孩子那样开心,"财富号总算有机会上路了!请允许我介绍一下自己,我是拉克·阿尔瓦拉多博士。亲爱的,你好吗?"

自行车惊得下巴都快掉到了胸口。"拉……拉克·阿尔瓦拉多博士,财富号713-J的发明者?"她结结巴巴地问。

他得意地点点头。

她尽力恢复平日的礼貌:"你好,我是自行车。"她想不到还能说些什么,就一直看着他。

"我很抱歉,这也许会让你很惊愕。"他说,"我有时会忘记,不是每个人都喜欢琢磨运气的走向。即使我也觉得意想不到。"

旺达修女注意到他们在说话,于是走过来介绍自己是自行车的监护人,来自几静修道院,是位退休的修女。

"我是财富号713-J的发明者。"阿尔瓦拉多博士边说边站了起来。旺达修女向他伸出手,他风度翩翩地吻了一下。"能见到几静修女我很荣幸,无论她是否已经退休。你的工作非常有意义。来吧,来吧,我们得更好地了解彼此。你会告诉我你的故事吗?我也告诉你我的故事。我们会发现,我们的故事在这家冰激凌店产生了交集。"他笑着说。

"我不清楚……"旺达修女说。

"哦,拜托,你就迁就我,幽默一下。平时可没有这样可爱的两位女士陪伴我。"他又握住旺达修女的手轻轻吻了一下。旺达修女的脸上泛起淡淡的粉红色。

他把她们领到一张桌子前,服务员把他的奶昔端了过来。阿尔瓦拉多博士一边大口吸着奶昔,一边跟她们解释他为何会出现在最孤独公路的最孤独路段。自行车听明白了,政府给了他一大笔钱,让他负责财富号项目的研发。但是,在一些官员视察了阿尔瓦拉多博士的成品原型后,政府就撤回了项目投资。

"显然,他们想让我发明的完美的长途旅行机器是配备各种枪支和弹药的坦克装甲车,而不是人畜无害的蓝黄色自行车。"他耸了耸肩,"我能说什么呢?我对坦克那种东西又不热衷。不过,我离开堪萨斯州并不是因为这个。"他看起来很痛苦,顿了顿,喝了几口奶昔。

"对我来说,政府撤资并不重要。可是,我的孩子们知道这件事后暴跳如雷。他们一辈子都靠我搞发明挣的钱生活,从没出去工作过,也没组建自己的家庭。他们的母亲在他们很小的时候就去世了,很愧疚地说,我似乎不是一个好父亲。你知道'他是个好蛋(he is a good egg)'这个说法吗?这是一种赞美——这说明他是个好人。我的孩子们却恰恰相反,他们是坏蛋。"他叹了口气。

"不管怎么说,事实证明我儿子和女儿心思多得很呢。他们想拿政府投资的钱去买天价豪车,就是里面带热水浴池和电影银幕的那种。我们吵了一架。他们要求我把钱拿回来。我告诉他们,没有豪车他们也一样活。然后我儿子假装成我给政府代表打电话,说我同意研发一辆巨型坦克,上面配备机枪和榴弹发射器,只要他们再寄一张支票就行。而我那女儿,她在边上出谋划策,指导他怎么说。这一幕刚好被我撞上。我抓起电话,取消了计划,并

告诉他们,我最多再忍他们一次。"他越说越气愤。

"我把一切都放下了,包括财富号713-J,尽管旅途中它能帮上我的忙。除了身上的衣服和脑袋里的想法,我什么都没带。我没告诉他们我要去哪儿。我甚至不知道自己要去哪儿。我感觉到,只要我还在他们身边,他们就会一直利用我,坏蛋只会越来越坏。我这么做似乎是对的。我需要重新开始。"他一边说话,一边从装吸管的容器里拿了几根吸管出来,心不在焉地编了一个精致的"手镯"。

自行车说:"他们好像还是非常在乎钱。"

阿尔瓦拉多博士扬起眉毛:"你见过他们?"

"见过。我从他们手里买下了财富号。"自行车说。她回想起在阿尔瓦拉多庄园拍卖会上那对兄妹守着钱箱扬扬自得的情景。"我觉得你做得很对。"她补充道。

阿尔瓦拉多博士把编好的"手镯"递给她说:"我也希望我做的是对的。不管怎样,我已经离开了家,在高速公路上搭便车,去寻找一个可以自由从事研究的地方,一个他们追踪不到我的地方。我需要安静、无人打扰的生活,这样才能重新开始。我想找到一个远离一切的地方。"他指着眼前这座小镇:"我现在就住在这儿。我仍然搞发明,卖我发明的东西,但现在我更专注于自己真正热爱的东西,试图从科学的角度来理解运气。"他喝下最后一口奶昔说:"现在轮到你了。是怎样曲折起伏的经历让我们的命运交织在一起?"

自行车把堪萨斯州拍卖会上的事和她一路上的冒险告诉了阿尔瓦拉多博士。旺达修女解释说,等明天到达卡拉米蒂的友谊工厂,她们的旅程就结束了。自行车又补了一句:"卡拉米蒂这个地名真是再合适不过了[①]。"旺达修女给了她一个警告的眼神。

阿尔瓦拉多博士表示赞同,他的声音很迷人。不知怎的,他让旺达修女和自行车都以为他理解并同意她们每个人的观点,他还邀请她们在他的客房过夜。他想把财富号推到他的工作间看看,他解释说:"我很激动,我想看看我的发明是如何工作的。"

旺达修女说:"只要有学习的机会或者让自行车学到新知识的机会,我来者不拒。你带路吧,先生。"

[①]卡拉米蒂的英文是Calamity,这个词是"灾难"的意思。

19.
内华达州祝你好运

他们从冰激凌店向阿尔瓦拉多博士的住处走去。那是一座独栋住宅,在附近一条死胡同的尽头。阿尔瓦拉多博士把她们领进前门,让她们随意点儿,别拘束。旺达修女立刻就被他收藏的图书吸引住了。她翻开一本手稿,标题是《运气的物理和化学原理》。阿尔瓦拉多博士把财富号扛在肩头,和自行车一起去了工作间。工作间在地下,凉爽又宽敞,里面摆放了很多项目产品,每样产品完成的情况也不一样。两张长工作台上乱七八糟地摆放着电子零件、钻头和电烙铁。

为了看得更清楚,阿尔瓦拉多博士把财富号架在一台支架上,又拖过来一盏高脚灯,这样采光更好。他拉出一条电缆,把财富号连接到一台配备了超大显示器的计算机上。他敲击着键盘,一会儿扫一眼财富号,一会儿又扫一眼显示器。"好,好,"他说着,敲得更起劲了,"好,好,好!"

自行车蹑手蹑脚地走到一台齐胸高的灰色机器旁,这台机器看着就像一只章鱼怪。黑色的电缆从它的底部伸出来,仿佛章鱼的触角,有些电缆接在附近的电源插座上,有些则缠作一团。机器的圆形盖子中间有一个红色的大按钮。她很想按下这个红色按钮,但她已经从财富号那里学到了教训。"这是做什么的?"她问阿尔瓦拉多博士。

阿尔瓦拉多博士心不在焉地看了一眼:"什么?哦,那个,是的。去吧,按下按钮,我们看看它还能不能工作。"

自行车很高兴,她按下红色按钮。机器先是发出咔嚓一声响,接着停了一分钟,然后开始嘶嘶作响,发出诱人的香气。大约一分钟后,它轻轻响了一声,盖子打开了,里面是一份让人垂涎欲滴的烤奶酪三明治。阿尔瓦拉多博士走过来,看着它说:"嗯,嗯。这台机器工作得很出色。"

"它到底是什么?"

"它会做烤奶酪。"

"哦。"自行车说。她以为它是更高科技的东西。

阿尔瓦拉多博士又走了回去,对自行车说:"我得问问你财富

号的情况！你骑它骑多久了？"

自行车往前推算了一下："三周半。"

"有意思，"阿尔瓦拉多博士说，"真有意思。"

"什么？"自行车问。

"嗯，最开始我在财富号的计算机系统中安装了长途旅行者所需要的一切功能——地图、音乐、天气信息等。可后来政府停止了整个项目，于是我决定再捣鼓一下，给财富号设计一个实验项目。我想看看它是否能记录骑手的好运气和坏运气。但这个项目还没来得及完成，我就离开了家。"他又敲了几下键盘，"现在我发现了一个全新的数据表，看来这辆车不仅记录了你运气的变化，还记录了你的意见和看法。财富号似乎已经对自己做了些调整，这样它就能更全面地了解你。依我看，它觉得你……真的很有趣。"

自行车歪了歪头。实际上，她认为财富号一直很高兴看她出丑。

"我发明出来的东西让我大吃一惊，这真是太令人开心了！"阿尔瓦拉多博士说，"我估计今晚我会熬到凌晨，我想弄明白它到底是怎么回事。"

"说到弄明白，我可以问问你的研究是怎么回事吗？"自行车问道。

"科学家总是希望有人关心他们的研究。"他一边说一边用螺丝刀拨弄着财富号座位下的零件。

"嗯,运气会怎样控制我们?"自行车坐在凳子上问道,"它是不是,差不多,全能的?我现在的运气糟透了,我不知道该怎么办才好。当坏运气把我推向我真的真的不想去的地方时,财富号有什么办法能帮我扭转运气吗?"

"运气是个很玄妙的东西。所以,对于你这个问题,作为一名科学家,我的正式答复是:我不知道。"阿尔瓦拉多博士故作神秘地靠向自行车,"不过我的假设是这样的:运气就像流水一样。好运气和坏运气在这个世界上流动,我们在水流中漂浮——你、我、财富号、旺达修女、角落里的那只蜘蛛、烤奶酪三明治,所有的一切。如果你不太关注自己的人生,那你就像河流中的树叶或树枝那样,任凭运气带着你打转。然而,如果你选择划桨并掌握方向,甚至逆水行舟……啊!那么你也许能改变你的方向。"他拿起螺丝刀,指着自行车:"请不要在任何有影响力的学术期刊中引用我这句话。"

自从旺达修女告诉自行车要把她送到卡拉米蒂的友谊工厂后,自行车内心希望的火焰第一次被点燃了,这都是阿尔瓦拉多博士的功劳。"运气像河流一样在我们周围流淌,但我们有自己的桨。谢谢你,博士。现在,我可以吃那个烤奶酪三明治了吗?"

在阴凉的地下室里,她的胃口又好了起来。

那天晚上,自行车躺在阿尔瓦拉多博士的客房里,旺达修女睡在她旁边。她在努力想一种方法,能让自己在河流中划桨,而不是任凭流水把她带到友谊工厂。可她只想出了一个办法:趁着夜色跑到沙漠里,与一群野牛一起生活。她决定在去卡拉米蒂的路上时刻留心,寻找扭转运气的好办法。

第二天早上,自行车醒来时发现床上只有她一个人。她揉了揉眼睛,循着早餐的香味来到厨房。阿尔瓦拉多博士正站在炉子前,他穿着和昨天一样的时尚西装外套、熨烫平正的衬衫,系着一样的丝绸领带,但今天他的衬衫不是整齐地塞在长裤里,而是塞进了一条黑色氨纶骑行短裤里。自行车看着他把煎饼糊倒在一个热烤盘上。当煎饼开始冒热气时,一台竖直的、下面装有轮子的自动翻饼机在烤盘边缘滑了一圈,把煎饼铲起来,然后翻了个面。

"早上好,"旺达修女坐在厨房的桌边说,桌上放了一摞煎饼,她正在吃,"我想这些姜汁煎饼的香味会把你从床上叫起来的。"

阿尔瓦拉多博士转过身来说:"这的确是一个美好的早晨!我昨晚研究了财富号的记录,如果你不介意我陪伴的话,我很荣幸今天能和你一起骑行,观察财富号是如何收集数据的。"

阿尔瓦拉多博士从锅里铲起三个热气腾腾的姜汁煎饼,放在盘子里,然后把它们递给自行车。自行车发觉自己又没了胃口,她只想喝杯冰水。

旺达修女说:"那很不错啊。骑车时你可以多给我们介绍一下你的工作。"

"我只是很高兴你没把财富号要回去。"自行车补充道。她用叉子把盘子里的煎饼推来推去,这样她不会显得很无礼。然后她停下来说:"你会让我留着它吧?你不会把它要回去吧?"

"要回去?"阿尔瓦拉多博士重复道,"当然不会。你堂堂正正地用钱买下了它,它现在是属于你的,也许你自己都没意识到这一点,而且我打算照它的样子复制一辆。几年前,我参照细胞再生和分裂的过程,写了一个复制程序。"自动翻饼机还在翻着煎饼,阿尔瓦拉多博士穿过厨房走到相邻的门厅,财富号现在就停在那里。"想看看吗?"他问。

他按了一连串的按钮后,财富号开始颤抖并鼓了起来,就像一个自行车形状的气球,充进去的空气越来越多。等到它是平时的两倍大的时候,只听砰的一声,车架和车轮分成了两部分。现在门厅里停了两辆几乎一模一样的蓝黄色的财富号。自行车注意到,第二辆财富号的标签是"财富号713-K"。阿尔瓦拉多博士回到了烤盘前,得意地说:"这比建造一座财富号制造厂要容易得多。我不知道为什么自行车生产企业还没发明出这样的程序。"

"财富号713-A到713-I在哪里？"自行车问。制造出一整队的财富号是个了不起的想法。

"它们没能完全按照我的要求工作，所以我把它们的电路板拆了下来，送给当地买不起自行车的孩子。虽然他们的车不会像财富号那样摇铃、吹口哨儿，不是完美的旅行伙伴，但骑着也还是很有乐趣的。要糖浆吗？"他坐下来开始吃早饭，向那摞堆得高高的姜汁煎饼发起了冲击。

还没到九点，三人已经上路了，太阳毫不留情地照射着地上的万物。阿尔瓦拉多博士原来是一个水平极不稳定的骑手。事实上，他上车后没骑多久就撞上了一棵仙人掌。他好像一点儿都不在乎，从地上爬起来，弄掉外套上的刺，又骑上了车。

"你确定要继续吗？"旺达修女关切地问，"骑车可能不是你的强项。"

"胡说！"阿尔瓦拉多博士喊道。他又差点儿撞上了一丛山艾树，只差了那么几厘米，领带也甩到了肩膀上。"我可以的。我只是需要重新激活大脑的神经通路。"他把舌尖从嘴角伸出来，想把舌尖水平地伸到另一边的嘴角，但没成功。

他们在内华达州褶皱起伏的"地毯"上整整骑了一上午。小型龙卷风——阿尔瓦拉多博士把它们称作"爱扬尘的淘气鬼"，在荒地上不停地打着转。三人本以为能找个地方停车吃饭，结果看到路牌上写着:下一服务区,120公里。

"这没什么大不了的。"阿尔瓦拉多博士说,"我们可以享用财富号的营养丸。营养丸能为我们所有人提供足够的维生素和矿物质。"他摇摇晃晃地走到路边,想在枝干松脆、长满尖刺的沙漠灌木丛中找一个舒适的地方坐下。可他们找了一圈没找到,于是只好凑合着在路中间坐下。几个小时过去了,没有一辆汽车开过,而且方圆十公里完全看不到车。自行车扑通一声倒了下去。她抬头看了看天空,看着一小团一小团的云朵飞快地掠过,好像要赶赴一场约会。她不怪它们。她自己也不想在这片沙漠中待太久。

阿尔瓦拉多博士按了三次财富号上的紫色按钮,然后给每人发了一颗用餐巾纸包好的营养丸。"祝女士们胃口大开!"他说着把营养丸塞进嘴里。他笑容满面地用力咀嚼了一会儿。接着他的笑容渐渐消失了,取而代之的是一脸惊恐。他站起来,跑到灌木丛中,吐出一大堆混杂着维生素和矿物质的黏液。"我的天哪,真是无法下咽!你每次吃都是这种味道吗?"他边问自行车边用餐巾纸擦拭着嘴巴。

自行车轻咬了一口营养丸,说:"是的,博士,是这样的。就算外层是巧克力,也没什么用。"

阿尔瓦拉多博士从西装口袋里掏出一个笔记本,开始涂涂画

217

画。"重新制作……营养丸配方……事不宜迟。"他喃喃自语。"向你们表示我最诚挚的歉意。我应该抽出时间尝尝成品味道如何。"他向自行车和旺达修女解释说。她们则礼貌地说这些营养丸吃着没那么糟糕。最后三人用水壶里的水把自己的肚子灌饱,权当午饭了。

自行车勉为其难地又爬上一座褶皱起伏的小山,这是她今天爬的第四座山,她明显感觉自己不在状态。爬山时天气很热,风也很大,到达山顶后,她停下来,下车想把额头上的汗水擦干。可她擦过脸的手像砂纸一样干燥。不知从什么时候开始,她的身体就不出汗了。是不是有麻烦了?她想。她转身想告诉阿尔瓦拉多博士这件事。可刚转过身,她就觉得自己的身体失去了平衡。

她慢慢地转了一圈,然后晕倒在地,不省人事。

20. 卡拉米蒂

"自行车!"旺达修女大喊,她刚好也爬到了山顶,正停下来喝水,"你能听到我说话吗?你怎么了?"她把粉红色的车子扔在路边,赶紧跑到自行车身旁。她摸了摸自行车的头和脖颈儿。自行车的脉搏跳得很快,皮肤也干巴巴的。"哦,天哪!跟我说话,自行车,说点儿什么吧。"旺达修女喃喃地说。

阿尔瓦拉多博士离她们比较远。旺达修女转头喊道:"博士,你快别瞎转悠了,赶紧骑过来吧!"

阿尔瓦拉多博士踩着脚踏板站了起来,以最快的速度骑到了山顶,累得直喘粗气。他从车子上跌下来,然后像体操运动员一样匆忙翻滚到她们身边。

他检查了自行车的生命体征,注意到她脸色苍白,皮肤滚烫又干燥。"她已经出现中暑的症状。我们必须让她避开阳光。"他焦急地说。可眼前没有一丝阴凉。阿尔瓦拉多博士转头看着财富号,迅速回想着按哪个按钮才能从车架上弹出帐篷。

财富号的屏幕上闪过一个问题:她还好吗?

阿尔瓦拉多博士回答:"事实上,不,她不太好。她的身体温度过高,无法自主降温。现在得让她躲到阴凉处,在皮肤上洒一些凉水,帮她降温,这事一刻也不能耽搁。"

明白了。财富号回应道。把她带进帐篷,剩下的事交给我。

"你会做什么?"阿尔瓦拉多博士问。

财富号没回答。阿尔瓦拉多博士往后退了退,只见财富号立刻弹出帐篷,开始给帐篷充气。阿尔瓦拉多博士和旺达修女小心翼翼地抱起失去知觉的自行车,把她抱进帐篷,分别跪在她两侧。

待在里面,但记得把帐篷的拉链拉上。财富号的屏幕闪了闪。

阿尔瓦拉多博士按照它的吩咐做了,帐篷里的温度快速下降了。一台小喷气机开始向自行车喷洒水雾。温度一直在下降,现在阴凉的帐篷内的温度非常舒适,只有22℃,而外面则是灼热的41℃。

"你是怎么学会控制帐篷温度的?"阿尔瓦拉多博士目瞪口

呆地问道。

财富号只顾问问题:她还需要什么吗？或者只是休息一会儿就好？

阿尔瓦拉多博士盯着屏幕看了一会儿。"只是……只是休息一会儿,谢谢你。"他勉强说道。

财富号沉默了一会儿,然后开始播放斯蒂芬·福斯特的歌曲。

自行车稍微动了一下,嘟囔道:"再也没有沙漠。再也没有棕色的沙漠,干燥得令人作呕的沙漠。我不要沙漠,我想吃甜点①。"她的眼睛睁开一条缝。"冰激凌三明治？我不介意来点儿。"说完她又晕了过去。

阿尔瓦拉多博士又看了看她的情况。

财富号的屏幕闪了闪:冰激凌三明治才能帮助她恢复到最佳健康状态吗？我没有这种能力。作为一个发明家,你很失败,因为你没给我安装制作冰激凌三明治的程序。

阿尔瓦拉多博士看起来很狼狈。他没作声。

旺达修女说:"谢天谢地,温度已经降下来了。看来我们及时把她从高热中解救出来了。"她宽慰地叹了口气:"今天的骑行只能到此结束了。阿尔瓦拉多博士,你要不出去看看能不能拦到车,

---

① "甜点"的英文"dessert"只比"沙漠"的英文"desert"多了一个字母"s"。

然后带你到最近的商店买些补给品,买些冰水和真正的食物。"

还有冰激凌三明治。要像风一样快。让她好起来。在你回来之前,我会帮她保持好体温。财富号开始哔哔作响。见阿尔瓦拉多博士动作不够迅速,它就开始用最大音量放军事进行曲,直到他离开帐篷。

几个小时后,阿尔瓦拉多博士搭车回来了,他买了果汁、水、三明治和一盒冰激凌,冰激凌装在保温袋里,已经化了一点儿。自行车醒了,现在她感觉好多了。她一口气喝了快两升的水,吃了三个冰激凌,这才停下来。阿尔瓦拉多博士的冰激凌滴到了他的领带上,财富号给他吐出一张餐巾纸。

他大笑了几声。"这些年来我经历了那么多事,没有比这事更离奇的了。"他一边擦领带一边说,"谢谢你。谢谢你提醒我要走出工作间,多到外面看看。"

"发生了什么?"自行车说,"我记得我爬上了一座山,然后感觉自己冲了个舒服的冷水澡,我很久没冲澡了。"

阿尔瓦拉多博士给她解释:"你生病了,接下来发生的事很不寻常,它极好地证明了海森堡提出的不确定性原理[①]。据我推断,财富号似乎已经形成了自己的机器学习系统……"他看到自行

[①]不确定性原理是海森堡于1927年提出的物理学原理,简单来说,就是不可能同时精确确定粒子的位置和动量。

车莫名其妙的表情,摸了摸下巴接着说:"嗯,怎么跟一个外行解释呢?你生病这段时间,财富号尽其所能帮助你康复。我想它喜欢你,把你当作它的朋友。能吸引到金属制造而成的朋友……很明显,你的个性很有磁性。"

旺达修女被阿尔瓦拉多博士蹩脚的双关语给逗笑了,她的注意力又转回自行车身上,她用手抚平自行车额头上的头发:"你现在休息吧。我们哪儿也不去,等你完全恢复再说。"

旺达修女又用手抚着自行车的头发,自行车闭上眼睛,在凉爽、湿润又安稳的帐篷中睡着了。

第二天,天刚蒙蒙亮,自行车醒了,她伸了个懒腰。"我睡了多久?"她问旺达修女。旺达修女也醒了,正在帐篷里忙活着。

"很久。阿尔瓦拉多博士和我也很早就睡了,不过我们先聊了一会儿。他告诉我,这些自行车是工程学的奇迹。"旺达修女说,"你知道它们还配有桌游吗?临睡前我跟博士玩了一局海战棋,我们杀得难分难解,最后我把他打败了。"

自行车穿上鞋子,两个人都爬出了帐篷。两三米开外的地方,财富号713-K正在给帐篷充气。

"请把帐篷放回座管内。"旺达修女说。财富号照着做了,旺达修女拍了它一下。"我跟你说,这车子可真是个奇迹。另外,阿尔瓦拉多博士搭完车才想起来,每辆车的左脚踏板上都装有卫星

223

电话,所以我昨晚给卡拉米蒂出租车公司打电话,请他们今天早上给我们派辆出租车过来。你不能再骑自行车了,小姐。我要带你尽快离开沙漠,住到友谊工厂的房间里去。"她看着自行车说。

自行车觉得,大清早的,旺达修女不应该说这些让人扫兴的话。早餐的事都还没人提呢。

"现在就要走了? 能不能不要说这些?"自行车问旺达修女,声音里透着恐慌。

"我告诉过你,这没什么可商量的!"旺达修女回答,"我们会跟阿尔瓦拉多博士告别,然后把车子装进出租车的后备箱,接着就送你去友谊工厂。等你安顿下来,出租车再把我和车子送到最近的火车站,我乘火车回华盛顿特区。回到修道院后,我会把我的车运回肯塔基州的几静修女院。"远处扬起一小团灰尘,那团灰尘越来越近了。旺达修女用手挡阳光,眯起眼睛望向那团尘埃,兴奋地说:"一定是出租车来了。"

自行车恳求道:"也许对你来说没有什么可商量的,但我还有很多话要说! 你不能花点儿时间听听吗?"旺达修女平静地弯下腰,系她的运动鞋鞋带。自行车提高了嗓门儿:"难道你不记得怎么倾听了吗?"

旺达修女直起身来,一双蓝眼睛像着了火一般盯着自行车。

自行车咽了下口水,轻轻地说:"求你了。"

旺达修女一直盯着自行车，摆出一副"别跟我啰唆"的架势。"我在听。"她不耐烦地说。

自行车深深地吸了一口气。"我知道，你觉得你是为了我好，张罗我交朋友。我不想破坏你的规矩，相信我！所以我才会骑车离开修道院。你希望我做什么，我就做什么，只不过我是按照我的方式。我发誓，我已经交了一个朋友。我来跟你讲讲格里芬，那个幽灵的事吧。我知道，你认为他是我编造出来的。但他不是，我不知道我们到底是怎么成为朋友的，但我肯定，我们是好朋友，而且阿尔瓦拉多博士昨天也说，财富号对我来说就像一个朋友。我不需要友谊工厂来帮助我、改变我，我自己可以做到。在把我关到友谊工厂之前，你能不能再给我一次机会，让我用自己的方式交一个普通的人类朋友？求你了！"她瞪大眼睛，把每一丝痛苦的希望都寄托在最后一句话里。

这时，阿尔瓦拉多博士从他的帐篷里走出来，搓了搓脸说："有人想吃早餐吗？"

财富号发出哔哔声，阿尔瓦拉多博士走过来看了看屏幕：*嘘！我的感应器显示，现在不是打断谈话的最佳时机。*

旺达修女的表情让人捉摸不透。"你说完了吗？"她问。

自行车点了点头。

旺达修女站了起来。她自己也深深地吸了口气。接着，她长

长地叹了口气,那叹息声很悠长,仿佛是从她的脚底板冒上来的。"不行。"她只说了这两个字。

自行车不敢相信自己的耳朵。"不行?"她觉得自己刚刚那段话说得情深意切、句句在理,更何况她还饿着肚子。

阿尔瓦拉多博士望着那团越来越近的灰尘。"那是你叫的出租车吗?"他问旺达修女。

"看起来不像出租车,"阿尔瓦拉多博士说,"全黑色,可它在那边停下了。看来无论来者是何人,都是奔着我们来的。"

旺达修女一把拿起自行车的背包和头盔,递给她。自行车不假思索地接了过来,她注意到旺达修女身后那个从黑色轿车上下来的人影。她惊恐地抓紧背包喊道:"不!"

旺达修女两手叉腰叫道:"没必要大喊大叫,小姐。"

"不,我不是冲你,而是冲她。"自行车指着那个瘦骨嶙峋、正朝他们气势汹汹地走过来的女人说,"她就是拍卖会上那个黑衣女人!我们把你错当成了她,才会用烂番茄砸你。偷车贼!"

跟着那个女人从车里走下来的是两个身穿黑色T恤衫和休闲裤的身材魁梧的男人,那个女人侧过脸对他们说了些什么,手指朝自行车和财富号这边戳了戳。

"她还带了几个小偷儿当帮手!"现在去友谊工厂已经不是头等重要的事了。

阿尔瓦拉多博士拍了拍手说："早饭还没吃,就有人来偷车?看来我的确不能老待在实验室,得经常出来见见世面。我能帮上什么忙吗?"

旺达修女挺直身体,看着迎面而来的三个黑衣人。"他们?偷车贼,是吗?"她问,"我倒要看看他们想干吗!"

这时,卡拉米蒂出租车公司的车刚好翻过山头,停在了路边。

旺达修女转过身,一只手坚定有力地放在自行车的肩膀上,推着她往出租车那边走去。旺达修女打开后车门,让自行车在座位上坐好,把背包放在了后座上。"现在就出发吧,在卡拉米蒂的友谊工厂等我们。这几个偷车贼就交给我和阿尔瓦拉多博士。"说完,她砰的一声关上了车门。

旺达修女说最后那句话的语气让自行车十分肯定,那个瘦骨嶙峋的黑衣女人棋逢对手了。

这次她毫不犹豫地服从了旺达修女的安排。旺达修女递给司机一些钞票,让他把自行车带到卡拉米蒂的友谊工厂。自行车从出租车的后窗往外望去,不一会儿,旺达修女、阿尔瓦拉多博士和那三个气势汹汹的黑衣人越变越小,最后完全看不见了。

出租车不费吹灰之力就跑了几十公里。很快,他们就到了卡拉米蒂。温馨的主街道两旁是低矮的砖砌建筑。出租车驶过一所小学、一个游乐场、一家英式早餐店和一片都是小房子的街区。

出租车司机放慢速度,在一栋两层混凝土建筑物外的人行道旁停了下来,这栋建筑物没有窗户。

"友谊工厂到了。"司机说。

自行车拖着背包和头盔从车里爬了出来。她站在玻璃门前,看到门上写着 FF[①]。它看起来一点儿也不像一个营地,正如它的名字一样,像一座工厂,一个干苦工的地方。自行车凝视着玻璃门,觉得这栋建筑真的很丑,只注重实用性,完全不像营地,不过她一点儿也不觉得惊讶。营地应该给人带来快乐,而被迫交朋友则是一项工作。

出租车开走了。自行车想知道,如果一个孩子不能交到三个朋友,友谊工厂会怎么处置她。她必须永远待在这里吗?她正准备问财富号,自己被囚禁在卡拉米蒂的友谊工厂度过余生的概率有多大,突然拍了拍额头说:"等等!旺达修女忘了把财富号放进后备箱了!"可她发现得太晚了,出租车在路口转了个弯,已经不见了。自行车又看了一眼那栋混凝土建筑,她决定了,除非旺达修女把她拖进去,否则她决不踏入半步。

趁着还没人走出玻璃门来问她需不需要帮忙,自行车匆匆忙忙地回到镇中心。她坐在游乐场的秋千上,想着没了她,财富号

[①]友谊工厂"Friendship Factory"的缩写。

是如何下山的。它是否有自动驾驶功能呢？阿尔瓦拉多博士可以激活这个功能,这样它就能自己下山了。她还想知道,旺达修女把莫奈·格鲁宾克小姐怎么样了。旺达修女既是一种不可抗拒的力量,又是一个无可撼动的物体,不管这一点让自行车多沮丧,她都不得不承认,作为她的监护人,旺达修女非常尽职尽责。

过了好一会儿,路上空无一人。太阳越爬越高,阳光直射自行车的眼睛,于是她走到阴影处,在那儿她仍然能看清楚出租车离开的那条路。她从背包里拿出一块点心慢慢吃着,不一会儿终于看到一团尘土正沿着公路往镇子的方向移动。自行车眯起眼睛想看得更清楚些,可她轻声哭了起来。

那不是拖着财富号从山上飞驰而下的旺达修女和阿尔瓦拉多博士,而是那辆黑色轿车。黑色轿车跑得更近了,自行车看到后备箱半开着,两辆财富号的前轮和旺达修女粉红色的车子从里面探出头来。

"天哪!他们把三辆车都偷走了!"自行车一边大叫着一边赶紧四处寻找能藏身的地方。她挤进游乐场的木头游戏屋里。当黑色轿车在英式早餐店前停下时,自行车透过木屋小窗子往外偷看。她看到旺达修女和阿尔瓦拉多博士从后座上下来,这让她很困惑,而当黑衣女人和两个大块头男人也从车里走下来时,她更加困惑了。他们看起来……非常友好。四下里一片寂静,自行车

从小窗子那儿缩回脑袋,偷听他们说话。

"我让出租车把她送到友谊工厂。"旺达修女说,"这个镇不大,出租车应该就在附近。我去餐厅里问问路。我们还没吃东西呢。等我过去把她安顿好,你和我们一起在这家店吃早餐吧。"

黑衣女人点了点头。"请允许我为您买单。为了达成交易,这是我应该做的。"她的脸上浮现出鳄鱼般的微笑,"您去忙您的吧,我们在里面等您。"

她要邀请偷车贼共进早餐?做什么交易?旺达修女被洗脑了吗?自行车心想。被下药了?自行车眯起眼睛,脑海里浮现出一个不好的念头——旺达修女是不是同意把财富号给他们了,然后让他们教我些什么?她是不是以为那是对我好?自行车看着他们进了早餐店。

自行车不能就这样失去财富号,她也不愿意再次违抗旺达修女的命令,但一想到要同时失去自由和另一辆车——另一个新朋友,她更加不愿意。她跑到那辆黑色轿车前,十分费力地把她的财富号从后备箱拖出来,放到了地上。

"我把你抢回来了,"她低声说,"我们俩得互相帮忙,尽快离开这里。"

21.
加利福尼亚州交友记

自行车推着财富号跑过人行道,来到游乐场的阴凉处,然后把背包绑在后架上那个熟悉的位置。"有没有哪条路通到镇子外面,而且还能绕开主路?"她问。

我们可以沿着一条古老的牛道穿过沙漠。这条牛道最后会与加利福尼亚州的边境道路相交。我们还要去加利福尼亚州吗?旺达修女说"不行"。她说这话肯定是认真的。概率是100%。

"现在没时间讨论这个问题!你就告诉我走哪条路就行了。"自行车不耐烦地说。

财富号的屏幕上立刻闪现出牛道的方向,自行车啪的一声扣

好头盔,跟着导航穿过游乐场后面的一条小巷子。他们很快就把友谊工厂甩在身后。直到骑到一条硬邦邦的土路上,她才停下来在背包里翻东西吃。这条土路上看着只有牛蹄的印迹。

自行车从背包里翻出来一包不知道放了多久的燕麦片,一边骑车一边吃。当日头升到最高时,自行车停了下来。财富号又撑起了凉爽的帐篷,为了跟周遭沙漠的颜色保持一致,这次它把帐篷变成了棕褐色。他们已经走了好几公里,没发现任何被人跟踪的迹象。自行车努力想把注意力集中在蹬着脚踏板的双腿上,但她脑海中不停地冒出财富号屏幕上的那句话——旺达修女说"不行"。她喝了口水,问财富号:"如果按照我的计划,继续往旧金山前进,跟兹比格交上朋友的话,你觉得旺达修女能意识到自己的错误,并且决定不把我送到友谊工厂度过后半辈子的概率有多大?"

旺达修女意识到自己错误的概率是三千七百二十分之一。不管三千七百二十分之一是多少,反正不是零。

"所以你认为还是有可能的?哪怕概率很小?"自行车知道自己现在是紧抓着救命稻草不肯放,"那我这么问吧,你觉得你和我能顺利参加旧金山的自行车祝福活动,不被旺达修女再次抓到的概率有多大?"

94.6%的成功率。这个概率比较大,因为我能帮上大忙。

财富号的屏幕闪了闪。但旺达修女知道我们要去哪里。她在祝福活动上找到你并把你送到友谊工厂的概率同样很高。

"别再说什么概率了,谢谢。"自行车说。旺达修女当然知道她要去哪里。这次逃跑只是暂时的。但这是她与兹比格交朋友的最后一次机会,也是证明自己是对的、旺达修女错了的最后一次机会。她掏出她的笔记本和铅笔,决心要制订一个万无一失的交友计划,绝不能失败。

她绞尽脑汁地思考着之前的那段旅程。为什么她和格里芬会相处得那么融洽?杰里迈亚和埃斯特拉算是她的朋友吗?玛丽厨师呢?还有文身男孩卡洛斯和他的伙伴们?和一个人要相处多久,他才算得上是你的朋友呢?是不是双方都得认可对方是自己的朋友才算朋友呢?朋友是不是必须会说话?她想把食人魔也算作自己的朋友,可以吗?还有,为什么阿尔瓦拉多博士认为财富号很喜欢她?她把这些问题一一写下来,发现自己完全被难住了。

"财富号,你觉得你是我的朋友吗,就像阿尔瓦拉多博士说的那样?"她急切地想得到确定的答案。

是的。

她回忆起她当时看到财富号的车轮从偷车贼的汽车后备箱里露出来时,内心是怎样的感觉。"是的,我也觉得你是我的朋友。

究竟是什么让我们成为朋友的？你有这方面的数据吗？"她追问道。

财富号的屏幕上开始滚动出一个很复杂的解释，这段解释跟阿尔瓦拉多博士的说话风格一模一样，说什么这证明了海森堡的不确定性原理。自行车叹了口气。

"抱歉，我不懂什么物理学。如果给出的答案是我无法理解的语言，那就没用。"她对财富号说。她突然停了下来。语言。理解一个人的语言。她用铅笔在笔记本上敲了敲。六十二天前，也就是从修道院出发那天，她把波兰语词典装进了背包，因为她知道，如果她同兹比格都说不上几句话，那他们就做不了朋友。她早就想学说兹比格的母语，这样在见面时才能给他留下好印象，但这部分计划老是被她置之脑后，一直拖到现在都没实施。

她从背包底下翻出那本压根儿不防水的波兰语词典，词典的书页已经散开了，整本词典比她当初拿的时候厚了一倍。她翻到字母"F"那部分，在"友谊（Friendship）"下查找相对应的波兰语词汇，结果发现，波兰语中有六个词都表示友谊，究竟该用哪个词取决于你想表现得多友好。她不禁痛苦地呻吟起来。她又翻了翻，找到"问候"那一部分，开始快速学习波兰语的发音。

"嗨，你好吗？"她尝试着用波兰语说。但这些不熟悉的音组合到一起，可真是难倒了她。她费劲地念着，嗓门儿更大了。

财富号打断了她。喊这么大声音可能会引起不必要的关注。我建议你至少把音量降低十分贝。

"抱歉,你说得对。只是我没多少时间了,我必须把这句话说顺溜。我应该早点儿开始学的。"她设法集中注意力,压低嗓门儿,嘴里来回念着。她翻开词典,把她想要掌握的那句话中的每一个单词都抄了一遍。她把"我骑自行车穿越整个美国来见你,你觉得我们有机会做朋友吗"这句话的波兰语念了六十多遍,接着就哈欠连天,连词都说不清楚了。她迷迷糊糊地睡着了,嘴里还在嘟囔着波兰语。

最毒的日头一过,财富号就拉响了警报,自行车醒来时发现词典还摊开在她胸口上。她把所有行李都收拾好,嘴里不停地念叨着她学的新句子,沿着牛道继续往前骑,打算趁着天亮多骑几公里。几个小时后,牛道与一条柏油公路相交。自行车眯起眼睛望着前方,眼前是连绵不绝的沙漠,柏油路在沙漠中蜿蜒而过。

往这边转。

"你确定我们的方向是对的吗?"她问财富号,"你的导航可不能叫我们失望。不然我们会真的遇上麻烦,因为现在我们离我地图上标注的地方还很远。"

这条备用路线会把我们带到旧金山。我不会让你失望的。

自行车笑了。无论发生了什么,她都很庆幸自己把财富号留在了身边。"想象一下,如果我可以一边睡觉一边骑车,那就太棒了!那样我们的时间还绰绰有余呢。"她转了个弯,继续练习波兰语。

他们就这样走了一个多星期。这天早晨,财富号把帐篷收好,自行车则在想,离开内华达州进入加利福尼亚州时,看到的景色会有什么不同。她想象那是一片长满了茂盛的柠檬树和牛油果树的土地,到处都是开着红色敞篷车的电影明星,还能看到一望无际的大海。可是现在目之所及都是泥土,路两旁是一丛丛毫无生气的灰色灌木。她在历史书中读到过,一些买不起马车的拓荒者会用手推车装上他们的全部家当,从密苏里州走到内华达州的大盆地沙漠,在荒野西部定居。当时她很好奇,为什么那些拓荒者没一直走到西海岸,现在她觉得她明白了。当你走了几千公里,看到的都是灼热又令人绝望的棕褐色的沙漠的话,你唯一想做的事就是躺下,不用再推手推车。

自行车的嘴太干了,所以那天她没再学说波兰语。当看到前面的内华达山脉时,她恨不得立刻躺下,不再逼着自己往前骑了。紫红色的山峰庄严肃穆,虽然周围沙漠的温度很高,但山顶被白色的冰霜覆盖。这层冰霜似乎是在低声昭告,那里有深邃的湖泊、奔腾的河流和长满了蕨类植物的绿森林。自行车张开嘴吸气,想象着自己能尝到一股淡淡的清凉。

她看到前面有一块州界标志牌,这是这趟旅程的最后一块州界标志牌。这个标志并没什么特别之处,就是一个普通的白绿色的公路标志。可当自行车蹬着车经过时,她还是郑重其事地把标志牌上的字大声地念给财富号听:"欢迎来到加利福尼亚州。"

财富号的屏幕上出现三个字:谢谢你。

太阳落山了,天空中高高挂起一轮黄色的圆月。夜空越来越暗,但前方山顶上的白色冰霜似乎仍在发光。自行车伸出舌头,想看看是否能再次感受到来自内华达山脉的清风。然后她嗅了嗅夜晚的空气。"你闻到了吗?"她问财富号。

财富号兴奋得嘶嘶作响。氮气、氧气、二氧化碳和甲烷。

"嗯,是那些气体,我想。"自行车说着准备下车,"可闻起来又像我们终于把沙漠甩在了身后。"

第二天早上,自行车骑车向西前进,她又找回了在去卡拉米蒂的路上丧失的骑行的乐趣。继续前行!这个简单的目的把她本已渺茫的希望又重新点燃。她仍然有机会以自己的方式完成这项任务,她想,尽管概率只有三千七百二十分之一。"离自行车祝福会还有一个星期,我还有足够的时间学习波兰语,也有足够的时间想清楚,从理论上来说交朋友应该分为哪几步。我已经知道了第一步——用对方听得懂的语言说一些善意的话。"

在过了州界标志牌几公里远的地方，自行车看到路边有一片蓝宝石色的湖泊。前面有一些常绿乔木，车轮每转一圈，山顶覆盖着白色冰霜的山峦就更近了一点儿。棕褐色的沙漠在他们的身后。"那些推着手推车的拓荒者真可怜啊，"自行车说，"没走到更好的地方就放弃了。"经过"蓝宝石湖"时，自行车看到湖面上有很多鸟儿在嬉戏，一团团的昆虫在岩石滩上嗡嗡作响，鸟儿追赶着昆虫，用喙衔住美味的食物，然后咔嚓咔嚓地吞进肚。

很快，他们就来到了被山脉的影子所笼罩的道路。财富号告诉自行车去往约塞米蒂国家公园的入口应该从哪里走，它建议她骑车穿过公园，好甩掉追踪她的旺达修女。进入公园的道路沿着山麓蜿蜒而上，自行车沿路缓缓骑到了一个山口。开车来游玩的人从车窗探出头向自行车挥手致意。她咧嘴一笑，用波兰语冲他们喊："嗨！你们好吗？"她的声音在山腰回荡。财富号放起了波尔卡舞曲。

通往约塞米蒂国家公园入口的道路弯弯绕绕，而且很长，自行车沿着这条路往前骑，穿过一条短隧道后，她发现自己来到了冰川雕刻出的山谷的边缘。远处的瀑布从高耸的花岗岩巨石上倾泻而下，水流泛起白色的泡沫，消失在下面的茂密森林中。眼前的美景令人叹为观止。她骑车来到山谷下面。那儿就像一座微型城镇，营地、餐馆、旅馆，大路和小径纵横交错。自行车找到一处没人的露营地,让财富号搭起帐篷,打算晚餐前在附近探索一番。

她正在研究公园地图,思索着去哪里,这时旁边营地的一辆大型露营车呼哧呼哧地打开了气动门,车身上有"女孩探险家"几个字,一堆女孩从车里拥了出来,她们穿着一样的卡其色制服,戴着一样的帽子。

这些女孩看起来比自行车要小。一个穿着整洁的卡其色制服、脖子上系着红方巾的女人从露营车里走出来,想要引导女孩们遵守秩序,可女孩们自顾自地聊着,完全不理会那个女人。置身于熙熙攘攘的人群中,自行车突然感到很害羞。她想假装忙着搭帐篷,不幸的是,帐篷已经搭好了。

一个女孩向自行车走来,她梳着两条一丝不乱的金色发辫。"嗨!你是女孩探险家吗?"金发女孩问道。

"呃,不,我……只是个女孩。"自行车回答。

"哦。"金发女孩说着用一根辫子擦了擦她的红色探险家胸针,"嗯,这周我要去领我的露营徽章。这样我就集齐了所有的初级冒险家徽章,然后就能得到官方认证的探险家腰带,有水钻的那种。你以前露营过吗?"

"露营过,"自行车回答,"实际上,我露营过很多很多次。"

有两个女孩听到后凑了过来,指着帐篷好奇地问:"真的吗?

这是你的帐篷吗?好小啊!那电视机放哪儿呢?"

"什么?"自行车问。

又有一个女孩插嘴说:"我们有一台大平板电视机。你今晚可以来我们的露营车,跟我们一起看电影,电影讲的是神奇的大自然。"

"电影?"自行车一头雾水,"难道你们不想……只……待在神奇的大自然里吗?"

金发女孩扑哧一声笑了:"你在开玩笑吧?大自然里到处都是虫子、泥巴和树枝,还有形状像泥巴和树枝的虫子。看电影当然更好啦,还不会弄掉指甲油,你懂的。"

"难道你都不想徒步去看看瀑布吗?"自行车很想近距离观赏瀑布。

"也许早上吧。你先过来,我们要用微波炉做一些烤棉花糖夹心饼干,然后练习给对方做面部护理。我已经获得了面部护理徽章。"她做了个手势,示意自行车也加入。她们的露营车像一只巨大的、趴在地上的卡其色癞蛤蟆,把头顶的天空挡得严严实实。

自行车踌躇不定。她意识到这是一个学习交朋友的绝好机会,可当她看着领队和一个年纪大一些的女孩在安装卫星天线时,她很犹豫。她努力回想自己计划的交友步骤,第一步是……是什么?领队开动发电机,发出巨大的噪声,自行车发现自己的脑子更不清楚了。

一个矮小的女孩注意到她,跑了过来。她抓住自行车的手,把她的指甲涂成了令人恶心的紫色。"把指甲涂成午夜紫,看起来就不那么难看了。"女孩说。女孩的探险家多功能腰带响了起来,提示她手机有来电。"哦,等一下,是我朋友,"她说着把电话夹在肩膀和耳朵之间,同时也没忘继续给自行车的指甲涂颜色。"喂?喂?听得清吗?是的。对,没错。是啊!太对了。不,这里什么都没有,只能待在无聊的大自然中,无聊,无聊,无聊。"女孩没精打采地说道。

"不,谢谢。"自行车说着把女孩的手轻轻推开。

女孩的手握得更紧了。

"我真的不涂指甲油。"自行车说着,再次推开她的手。

女孩就像没听到一样,涂得更快了。现在,自行车的四个指甲都被涂成了紫色。

自行车实在受不了了。她照着女孩小腿踢了一脚,女孩嗷的惊叫一声,松开了手。自行车赶紧跑开了。

她跑过拥挤的汽车和帐篷,直到她离营地有一段距离。她找到一块大石头,仰面朝天躺了下去,痛苦地大叫了一声。

"我喜欢你的衬衫。"一个好听的声音说。

自行车抬起头,看到另一个女孩探险家团队的成员站在她面

241

前。她留着棕色短发,长着一双温暖的棕色眼睛,手里拿着两个奶酪三明治。

"你饿了吗?"这个女孩问,"我刚刚在做三明治,看到你挣脱了布列塔尼。"

"谢谢。"自行车说着接过她递来的三明治。她突然想起了她的交友理论步骤的第一步——用对方听得懂的语言说一些善意的话:"我很抱歉,刚刚踢了布列塔尼一脚,我失去了跟她做朋友的机会。但我似乎没法儿让她明白,我根本不想涂指甲油。"

"是的,"女孩回答,"布列塔尼就像一个指甲油恶魔。我们也只能用这个办法叫她住手。别担心,她已经习惯了。看看,在来的路上她对我做了什么。"女孩摊开双手,把指甲伸给自行车看。布列塔尼把它们涂成了五种颜色,而且这五种颜色一点儿也不协调。"对了,我叫莎莉。"女孩说。

"我叫自行车。"

"名字很酷。"

她们开始吃三明治。

"你一定很喜欢骑自行车。我也是。"莎莉嘴巴里塞得满满的,"我妈妈和我有一辆双座的双人自行车,在家时我们会一块儿骑。"

"真的吗?我从没骑过双人车。我现在骑的这辆车很神奇……"

自行车开始向莎莉讲述她的骑行经历。两个姑娘你一句我一句，时间一眨眼就过去了，那感觉就像是骑行在环法自行车赛的下坡路上。

太阳快要落山了，她们走回营地，发现女孩子们乱作一团。

莎莉赶紧跑了过去。"发生什么事了？"她问领队。

"野生动物袭击！"领队喊道，"现在必须离开！别想着指甲油了，姑娘们，走，走，快走！"

莎莉遗憾地转身向自行车挥了挥手，然后爬进了露营车。自行车也向她挥了挥手。随着汽车排气管一阵轰鸣，露营车发动了，除了轮胎印、食品包装纸和几瓶午夜紫色指甲油，地上什么也没留下。

"是什么动物？"自行车问旁边露营的人。

"黑熊刚刚出现了，"那人回答，"在这边的山谷里其实很常见。那些女孩不知道在用微波炉做什么，黑熊闻到了，它想过来饱餐一顿。我猜她们没料到，露营会这么近距离地探索自然。"

自行车还没来得及问莎莉她们有没有可能成为朋友，她就走了，想到这儿，自行车觉得遗憾。她爬进自己的帐篷，问财富号："为什么每个人的行为会如此不同呢？"

财富号的屏幕显示：这个问题超出了我的程序的能力范围，我无法回答。人是复杂的。仅仅是储存关于你的数据就

243

在不断地占用我的中央处理器。

听着远处瀑布柔和的隆隆声,自行车思索着:为什么有些人会让你恨不得给她几脚,而有些人则愿意跟别人一起分享三明治?最后她得出结论:只有当双方都具备了交谈和倾听的能力,并真正听到对方的声音时,他们才能融洽地相处。由此她提出了她的交友理论步骤的第二步:认真倾听对方的回应。然后她又拿出那本波兰语词典学了起来。

第二天早上,当自行车离开山谷时,她透过树丛瞥见一头黑熊笨拙地走过。她想这可能就是那头把女孩们给吓跑了的黑熊,于是她向它挥手喊道:"嘿,你好,熊先生!"黑熊停下笨拙的脚步,转身向她走来。然后它用后腿站起来,鼻子朝着她这边饶有兴趣地嗅着。接着它往路这边走过来。"哎,你没必要过来,真的!"她喊道。它走得更快了。"糟了!"自行车说。

避免目光接触。野生动物一般不会主动攻击人类。财富号建议。

可这头黑熊并没像财富号说的那样,而是越走越近,发出低沉的、好奇的喘息声,看起来它已经无所谓会惹上什么麻烦了。自行车努力保持冷静,可当她看到这头黑熊比坐在两轱辘车上的她还高时,她戳了戳财富号屏幕上的按钮,尖叫道:"别愣着啊!"

财富号奏响了自行车不喜欢的那种古老音乐,而且是羊叫声最响亮的那一小节——这次听起来像是很多大号想要把对方给吞掉，还要吞掉那些羊。那头黑熊立刻停了下来，一屁股坐下，抬起一只爪子搓着耳朵。它脸上的表情大概是在说"我还没准备好"。过了一会儿，它站起来，摇摇晃晃地走回了灌木丛。

自行车说："要导弹有什么用？倒是欢快的音乐能派上用场。"她松了一口气，拍了拍财富号。

虽然没看到开着红色敞篷车的电影明星，但接下来在加利福尼亚州的这三天并没让自行车失望。7月4日这天，自行车比平时睡得要晚得多，她观看了国庆日烟花表演，表演时间虽然不长，但烟花热烈璀璨，照亮了夜晚的每一个角落。她骑车经过一座又一座农场，农场里整齐地种植着一排排柠檬树、牛油果树、油桃树和李子树。农场和农场之间还有风电场。巨大的风车矗立在山顶上，被气流带动旋转，像高大的外星人挥舞着手臂跟人们打招呼。自行车想象着自己能带上几箱子的风，这样随时都能骑顺风车。

一路上都没看到旺达修女或者偷车贼，她预计他们第二天就能到达旧金山参加自行车祝福活动。这天晚上，自行车跟财富号说："看来你选的这条路线不错，到目前为止我们都没遇上麻烦。"

当然了。如果你想继续避开麻烦，我还可以规划一条路线到俄勒冈州的波特兰或者加拿大的育空地区，我们就不去旧金山了。

"不管怎样,我都要谢谢你。"自行车说,"从卡拉米蒂逃跑的那一刻我就知道,我迟早得跟旺达修女摊牌。为了准备好明天跟兹比格见面,我已经尽了全力。我现在连说梦话用的都是波兰语。"这六百多公里的路程,她一直在练习用波兰语问好,用波兰语谈论友谊,那些话就像刻在了她的脑袋里。

那天晚上,自行车翻开背包,找到几张明信片。她躺在床上给格里芬写信,告诉他,厄运至少暂时不会降临到她头上。她又给奥托修士写信,说她不知道旺达修女同不同意她回几静修道院,她希望他现在很享受想说话就说话的状态。最后她还给饼干女士写了张明信片——

亲爱的饼干女士:

就要到达加州旧金山。

这张明信片是一个不确定自己是否能一路坚持到底的人写的,请你把它贴在墙上。我希望如果有其他疲惫不堪的骑手来到你家,看到墙上贴的这张明信片时,他们能意识到,他们比自己想象得更有潜力。

真诚的自行车
你用饼干和冰柠檬水救下的女孩

22.
自行车祝福会

第二天早上,自行车被帐篷外的呼啸声吵醒了,那声音听着像有无数只蜻蜓在路上嗡嗡飞过,接着她听到了笑声。她听出来那是匆匆而过的自行车发出的呼啸声,而且有很多辆。

她把头探出帐篷,看到一群骑自行车的人疾驰而过。这些人有老有少,种族不同,身上穿的衣服也各式各样。有些人穿的是昂贵的骑行服,有些人穿的是T恤衫和短裤,还有人穿的是用强力胶补起来的破衣烂衫。有个人打扮得像一只公鸡,还有个女人穿得像个海盗。有人骑的是漂亮的赛车,有人骑的是配备越野轮胎的山地车,还有人骑双人自行车、带婴儿拖车的休闲车、独轮车、卧式三轮车,甚至还有老式的高轮自行车。所有人都往同一

个方向骑去。

"发生什么事了?"自行车睡眼蒙眬地问。

一个扎辫子的黑皮肤男人冲她咧嘴笑了一下,说:"这是一个庆祝活动!我们要去参加自行车祝福会!"他蹬着脚踏板从自行车身旁经过,很快就被人群吞没。

自行车躲回帐篷,套上鞋袜。"财富号,准备好参加派对吧!今天你会收到祝福的!"她兴奋地说。

财富号的屏幕闪了起来:如果每一个到达的自行车手都能得到祝福,那么你,自行车,也应该得到祝福。

"嘿,你可真幽默!你这家伙是故意的吗?你也学会开玩笑了!"自行车一边说一边系运动鞋的鞋带。

财富号懒得回答,屏幕上闪出了几个字:我们走吧。

鞋带上有个死结,自行车只能先把它解开。财富号不耐烦地嗡嗡作响,屏幕上又重复了一遍:我们走吧。

自行车也加入了穿着五颜六色衣服的骑行队伍,呼啸着向旧金山进发。每个人都按照自己舒适的节奏骑行,给周围的骑手留出足够的空间。大家基本上都在说说笑笑。自行车沉浸在她刚开始旅行时发现的那种美妙感觉中——她是他们中的一员,即使一句话也不说,她也会自然而然地受到大家的欢迎。

骑了没几公里,她看到前方有一道闪亮的水光,她知道那一定是旧金山湾。

财富号嗡嗡响了起来,屏幕上闪出一句话:**根据我的计算,你从你家到这个地方正好骑了6500公里**。屏幕又闪了一下,似乎在考虑下面该怎么说:**祝贺**。

"谢谢。"自行车说。她既兴奋又担心,还有一丝失落,即使她成功地实现了目标——与兹比格成为朋友,也躲过了旺达修女的怒火,她还是很难想象她将会失去眼前这一切,失去每天骑车迎接朝阳的生活,回到修道院,永远待在那儿。

一大群人骑到拐弯处,冲上陡峭的山坡。在山顶上,气喘吁吁的自行车看到一座气势恢宏的红色桥梁在海湾上空腾空而起,横跨陆地和半岛。这座桥看起来是那么优雅美丽,让人不忍心骑上去。但这一群人还是骑了上去,他们在大桥上排成整齐的队伍,一辆辆自行车连成了一支长队,在蓝色的海湾上蜿蜒前进。

到了桥的另一边,自行车跟着大伙儿穿过城市的街道,来到一个拱形门廊前,上面写着:金门公园入口处。门廊下面的横幅上写着:自行车祝福会今日举行——欢迎大家。

他们骑过拱门时,一名志愿者给每人发了一张抽奖券,还在每个人的手上盖了个车轮形状的印章。祝福活动在草地上举行,自行车和大家一起来到草地上。小贩们在卖甜滋滋的蛋糕、香脆的薯片和气泡饮料。还有人卖自行车零件和颜色耀眼的骑行服。

有一个摊位可以给骑手和车子拍照留念。自行车很确定她看到了图特黄油爆米花队荧光黄色的骑行服,就在一台巨大的爆米花机旁。当地的几静修道院派了一名几静修士来参加活动,他坐在自动帐篷里一个舒服的垫子上,正准备洗耳恭听。一张桌子上摆满了明信片,明信片上写着:*请寄给饼干女士*。

自行车跳下车。"咱们先去哪儿?"她问财富号。但这次财富号并没给出现成的答案。她刚决定往拍照的摊位那边走,就有一个卖松脆薯片的小贩向她招手吆喝道:"喂!"原来是玛丽厨师。

自行车径直走过去,玛丽厨师给了她一个欢迎的拥抱。"玛丽厨师!你怎么卖薯片?薯片不是速食吗?"

玛丽厨师咯咯笑了:"别取笑我了,亲爱的!自行车祝福活动组委会邀请我参加这个活动,我总不能拒绝,不是吗?他们要求我做一些骑车时用一只手就能吃的东西,于是我就用本地的甘蓝和牛油果做了些蔬菜水果脆片。"

自行车接过玛丽厨师递给她的咸味绿色脆片。"松露怎么样了?"她问。

"那个胖家伙!它还在伊利诺伊州的餐厅,快活得很呢!走吧,一起去那边看看,我好不容易才休息一会儿,大家都在议论那个摊位呢。"玛丽厨师边说边拉着自行车往那边走。

自行车一只手推着财富号,一只手挽着玛丽厨师,跟着她来到公园里一个拥挤的角落,看到许多人围在一起,吃着小食品袋里的美食,高兴得啧啧称赞。桌子上摆满了一盘盘热气腾腾的油炸馅儿饼,还有两个声音和谐地唱着:"我来自阿拉巴马,带着心爱的五弦琴……"

"是你?"自行车喊道。

"是我啊。"格里芬叫道。

"嗯哼?"杰里迈亚喊道。

"还有你!"自行车兴奋地说。

"哟嗬!"唯恐被落下的玛丽厨师跟着喊道。

大家让出一条路,让自行车走了过去。在"乐园馅儿饼店"的招牌下,自行车拥抱了哐当(还有格里芬)和杰里迈亚。她把财富号介绍给他们和玛丽厨师,财富号彬彬有礼地发出哔哔声。玛丽厨师立刻掏出一个烹饪笔记本,跟杰里迈亚商量起来。

格里芬用最快的语速喊道:"我们做到了!自行车,我们做到了!全世界都知道我们了!人们甚至都知道我们在加拿大开了分店!报社记者也来了,他尝了我们最新口味的油炸馅儿饼,然后就把消息传开了。自行车祝福活动也邀请我们来摆设摊位,我们一定要来。你知道,我们成功了,我们就在这儿。你也在这儿!是不是很惊喜?嘿,你一定要尝尝这些油炸馅儿饼,有火鸡生菜口味、火腿奶酪口味和波兰熏肠芥末口味,都是埃斯特拉帮我们

想出来的。对了,她让我跟你先打个招呼,她很快就会赶过来。哦,尝尝这个,这是我们最畅销的口味——花生酱果冻油炸馅儿饼!"格里芬一遍又一遍地喊着杰里迈亚的名字,最后杰里迈亚中止了他与玛丽厨师的对话,把一个用蜡纸包好的油炸馅儿饼递给自行车,馅儿饼散发着烤花生和葡萄果冻的香味。

杰里迈亚笑着说:"我们决定了,不管今天最受欢迎的是什么口味,都要用你的名字命名,就叫'自行车馅儿饼'。明白吗?自行车馅儿饼。"

自行车咬了一大口花生味浓郁的油炸馅儿饼,伸出一只胳膊搂住哐当。"我明白,"她嘴巴里塞得鼓鼓囊囊的,"你不知道我看到你们有多高兴,我还需要你们帮忙看一下……"自行车话还没说完,就被喇叭里传来的声音打断了。

"请欢迎我们的特别嘉宾,伟大的兹比格涅夫·赛文凯威……呃,不对,兹比格涅夫·赛文科威克……总之,让我们欢迎兹比格!"

每个人都望向红杉树林那儿的大舞台,只见兹比格走上舞台,人群爆发出热烈的掌声。他满脸笑容,挥了挥手,那是他的标志性动作。他拿起话筒说了几句话,但崇拜他的车手们一片欢腾,根本听不到他的声音。他把话筒还给了主持人,耸了耸肩。主持人把手指放在嘴唇上,发出很夸张的嘘声,直到人群慢慢安静下来，他才开始说话。

"祝福活动结束之后，我们会进行抽奖。中奖的人只有一个，这个幸运儿将获得与兹比格一起骑行的机会，穿越全国！"

"兹比格！"

人群爆发出欢呼声。

"祝福仪式结束后，兹比格先生还将在主舞台上与粉丝见面并签名。但现在，请把你们的车轮和注意力转向我们的自行车祈福者，他们已经准备好了，马上给你们的两轮装置送上祝福，祝福它们跑得更快更安全！"

一些骑独轮车和卧式三轮车的车手听了开始喝倒彩。

主持人急忙补充道："也就是说，他们将为大家的两轮车、独轮车和三轮车送上祝福。不管你骑的车有多少个轮子，他们都会送上祝福。我们已经准备好了，现在开始。"

主持人把观众的注意力引向在草地周围搭建的十几个小舞台。自行车和油炸馅儿饼摊上的人也转头朝那边望去。

小舞台上聚集了很多祈福者。一个身穿长袍的男人用木槌敲起大锣，锣声铿锵洪亮。有许多车子接收到回荡的锣声后，跟着嗡嗡响了起来。自行车记起来，埃斯特拉曾经用扳手敲打哐当，来判断车架是否安全。此时，这些车子听着不仅很安全，还很高兴，仿佛在快活地哼唱。

当锣声消失后,祈福者们开始在车子上方祈福。虽然有很多不同的语言在空气中交织,但它们表达的都是同一个愿望:愿你在世上的每一天都平安无事。愿你的车轮能转得如你希望的那样快,愿你的刹车总能轻松把车停下来。就算骑在满是坑洞的山谷,你也不用担心爆胎,也不用担心车架会锈迹斑斑。因为你们是骑自行车的人,你们已经得到了祝福,骑行的快乐照亮了你们的生活。去吧,无论骑到哪里,都要传播这种快乐。

祈福持续了一段时间。人群变得安静,人们轻轻地摇摆着,齐齐点头。格里芬哼唱着一首轻柔的歌曲。财富号的车把在自行车的手指下微微震动,自行车也摇摆着,倾听着祝福的话语,沉浸在一片宁静中。她看到兹比格涅夫·西恩凯维茨站在舞台上,双手紧握,低着头。

祈福结束了。大伙儿很满足,一齐喊了一声"啊"。

"再次感谢大家的到来,"主持人说,"现在,请拿出奖券!"

自行车攥紧她的奖券。

主持人转动装满号码的滚筒,然后打开顶部,让兹比格从里面抽一张。兹比格把抽到的奖券递给主持人,主持人大声念道:"4608号!4608!你太幸运了!上台来,让大家看看你的奖券!"

自行车赶紧瞧了一眼她奖券上的数字:7642。不是她。差了十万八千里!

你脸上的表情说明你内心十分失望,十分不甘心。需要我为你打印一张4608号奖券吗?财富号的屏幕闪了闪。

"已经有人赢了。"她说。那个穿公鸡服的人一边"打鸣儿",一边上蹿下跳地挥舞着奖券。他从人群中挤到台上,主持人看了看他的奖券。

"嗯……是的,就是您!您的名字,先生?"主持人说。

大家只听到"公鸡"的"打鸣儿"声。

"好吧,那……"主持人有些不知所措。

穿公鸡服的人扑棱着一对巨大的翅膀。兹比格皱着眉头看着他,躲开了。

"好……下面进入活动的下一个环节,请热情的车手们到主舞台上,与兹比格握手,聊一聊。"

格里芬对自行车说:"虽然你没有中奖,但兹比格就站在那儿,没人说你不能上台啊。我可以和你一起去吗?我跟你一起去。我们都应该跟你一起去。走吧!"

这确实是她唯一想做的事。"好。"自行车说着扫了一眼人群,想看看旺达修女有没有出现。她什么也没看到。"管不了那么多了。"她自言自语。

杰里迈亚把"马上回来"的牌子挂在摊位上,然后推起哐当。主舞台附近挤满了人,玛丽厨师帮助推着财富号的自行车从人群

255

中辟出一条路。杰里迈亚很有礼貌地一遍又一遍地重复着"不好意思,麻烦让一下",最后他们在前面找到了一个位置,杰里迈亚和哐当在自行车的一边,财富号和玛丽厨师在另一边。

自行车抬头看了看兹比格现在站在哪儿——他站在他们左边,正费劲地穿过聚集在主舞台周围的狂热人群。"谢谢你们,谢谢你们!谢谢你们的到来,各位!"他挥手,微笑,跟大伙儿握手,动作很快,非常之快。他似乎想远离那个装扮成公鸡的男人,越远越好,而那个男人还在挥舞奖券,声嘶力竭地"打鸣儿"。

兹比格和自行车之间隔了二十个人,然后是十个人,然后是五个人。自行车从没想到,她会在这样嘈杂拥挤的人群中与自己的偶像见面。她本以为能跟兹比格单独聊上一会儿。可谁承想,旧金山,或者说整个美国有这么多骑行爱好者!看来兹比格只会从她身边走过,说一声"谢谢你们",然后挥挥手,甚至都觉察不到她的存在。

一个声音在她耳边说道:"终于找到你了。"

自行车转过身,看到旺达修女就在她身旁。

"我……我……我……"自行车手足无措。她应该道歉吗?应该想办法解释吗?还是恳求旺达修女等五分钟再教训她,让她有机会证明她可以和兹比格成为朋友?

旺达修女向她伸出手。自行车松了一口气,不管旺达修女一会儿怎么训斥她,总之会先给她一个拥抱。可旺达修女并没有这么做。她双手搂住自行车的腰,把她举了起来。她让自行车踩在财富号的座位上,把她的背包放在后架上,等自行车平衡好身体后,旺达修女扶住了她。现在,自行车比人群中的每一个人都高,非常显眼。"你知道最高修士经常说什么吗?"旺达修女大声喊道。当兹比格走近他们时,周围的人群更加沸腾了。

"三明治?"自行车喊道。兹比格正向她走来。她感到惊慌失措。

"是的!"旺达修女又大声喊道。这一次,自行车几乎听不到旺达修女的声音了。"你知道有时他说这个词是在告诉你:一定要坚持到底!"

兹比格走了过来。他先跟自行车旁边的人握手,然后挺起身,歪着头直视着自行车的眼睛。

豁出去了! 既然心里有渴望建立友谊的动力,她现在就应该激活这种动力。第一步,用对方听得懂的语言说一些善意的话。这一次,她说了几句波兰语……

兹比格皱着眉头,用一只手贴在耳后。他往前挪了挪,用英语说道:"不好意思?"

自行车说得更大声了:"我的名字叫自行车,我是你的超级粉丝。为了见你,我一路从华盛顿特区骑到这里。"她用英语说。然后她用漂亮的波兰语又慢慢地重复了一遍……

第二步，认真倾听对方的回应。

兹比格看着自行车，自行车正满心期待地看着他微笑。他皱了皱眉头，从裤子后面的口袋里掏出一张纸，用一支马克笔在上面写了一行字，然后把它递给自行车。"嗯……谢谢你的到来。再见了。"他说。经理人挽住兹比格的胳膊，在他耳边小声说了几句，然后牵着他往人群外走，朝一辆等候的豪华轿车走去。兹比格向人群挥手告别，大家高呼着兹比格的名字，他又给大家抛来几个飞吻。"照顾好你们的自行车，再见！"他喊道。然后他离开了。

旺达修女把自行车扶下车，让她站到财富号和哐当之间。格里芬问："他跟你说什么了？给了你什么？"

自行车低头看了看手里攥着的那张皱巴巴的纸。纸上的照片跟她八十七天前收到的兹比格的宣传照一模一样。兹比格在纸的最上面写了"继续前行"四个字，下面除了有他的亲笔签名，还写着"你的朋友，兹比格"。在漫长的骑行路上，正是这几个字给了自行车鼓舞和力量。

她丢掉那张纸，垂头丧气地跪在地上。她骑了6500公里，翻过了许多座山，躲过了恶狗袭击，遭遇了偷车贼，熬过了中暑，车子中途还被猪群给踩坏了，而且自己很可能还得在友谊工厂度过余生，可她却只得到了……又一个签名。

她闭上双眼。

23.
词典闹乌龙

参加祝福活动的人群慢慢散去了。市政工人拿着长柄夹子和垃圾袋，开始清理草地，把丢弃的爆米花纸盒和热狗包装纸捡到垃圾袋里。自行车一直闭着眼睛，但她仍然能感觉到旺达修女、玛丽厨师、杰里迈亚、格里芬、哐当和财富号就在附近。

"这不是很好吗？"一个男人说。这声音很熟悉，但自行车没法儿确定声音是从哪里来的。她睁开眼睛。

阿尔瓦拉多博士正踮起脚。他旁边是黑衣女人和那两个随从，他们站在旺达修女附近。

"你是要把财富号带走吗？"自行车有气无力地问道，"就这么结束了吗？"

旺达修女皱起眉头,但阿尔瓦拉多博士先开口了:"这才是开始!你不知道吗?难道没有人告诉她吗?"阿尔瓦拉多博士左右看了看:"我还以为每个人都操心这件事。关于运气的研究将迎来大变化!今天夜里,莫奈·格鲁宾克兄妹和我将起程前往莫拉尼亚。"

"什……"自行车刚要问,但黑衣女人笨手笨脚地拍了拍她的头,打断了她。

"小姑娘,我知道我把你给吓坏了,我很抱歉。"莫奈小姐轻声说道。

阿尔瓦拉多博士说:"自行车,这是莫奈·格鲁宾克和她的兄弟马尔库和米图克,他们是代表莫拉尼亚来的。莫拉尼亚是世界上最不幸的国家,住在那儿的人从没碰上过好运气,从没。他们的四叶草[①]全都被龙卷风给卷走了,他们国家的孩子玩滑道梯子棋[②]时,只会遇上滑道,不会碰上梯子。更糟糕的是,这个国家发行了27年彩票,居然没一个人中奖。"

莫奈小姐郑重其事地点点头:"我们国家发行的彩票只有三位数。"她点着头,脸上的墨镜松动了,从鼻子滑落到地上,被一辆路过的独轮车轧碎了。三个莫拉尼亚人耸了耸肩,看来他们已

---

①在西方文化中,四叶草是幸运的标志。
②儿童桌游,棋盘上有滑道和梯子图案,棋子遇梯子往前走,遇滑道则往回走。

经见怪不怪了,其中一个兄弟从风衣口袋里掏出一副新墨镜递给了莫奈小姐。

阿尔瓦拉多博士自顾自地说着,他是这群人中唯一一个心情愉快的人,可对此他浑然不觉。"他们来到美国是为了寻求帮助。莫奈小姐的兄弟们找到了内华达州的赌场老板,想弄清楚为什么有人赌博会输,有人会赢。莫奈小姐参加了阿尔瓦拉多庄园的那场拍卖会,希望能拍到我研究发明的那件跟运气相关的拍品。可是,很不走运的是……"他眨了眨眼睛继续说,"她并没有竞拍到对他们有用的那样东西,也就是财富号713-J。"

哥儿俩无奈地挥了挥手,仿佛在说"你指望莫拉尼亚人能有什么好运气"。

"莫奈小姐意识到自己的失误后就想跟踪你,看你愿不愿意跟财富号分开。可她老是把你跟丢,最后她索性放弃了,去内华达州跟她的兄弟们会合。路上他们转错了弯,结果开到了50号公路,然后遇到了我们——也许他们这辈子就走过这么一回好运。他们把事情的起因告诉了我,最后,他们得到了做梦都想不到的宝贝——那就是我!"阿尔瓦拉多博士指了指自己,接着说道,"我们制订了一个计划,然后回我家拿上我的行李,还有一个能装得下财富号713-K的货箱。我会跟他们一起飞往莫拉尼亚,在那里继续我的研究。这个国家仿佛陷入了霉运的旋涡,有好多

261

数据等着我收集呢!"他满脸洋溢着喜悦的光芒。"我想亲自来告诉你这个消息,顺便把旺达修女带到这儿来。"他笑着对自行车说。

旺达修女用胳膊肘儿轻轻推了推他,说:"我知道你很激动,阿尔瓦拉多博士,但也许你可以晚一点儿再告诉她。自行车和我还有些事情要商量。"

"哎呀,当然,当然。我们去看看还有哪里卖自行车形状的热狗。"阿尔瓦拉多博士挥挥手,示意莫奈·格鲁宾克兄妹跟上他。

自行车看着旺达修女:"你在内华达州做的决定是对的,旺达修女。没有什么好商量的了。我没交到朋友。"

"嘘,孩子,听我说。我比你先到,所以我见到了玛丽厨师、杰里迈亚和格里芬。我尝到了美味可口的油炸馅儿饼,也听到了很多你旅途中发生的故事。"旺达修女说。

自行车惊讶地看着杰里迈亚和玛丽厨师,他们都朝她点了点头。

旺达修女清了清嗓子,摆弄了一会儿手指。"我认为友谊工厂是你最好的选择。没有朋友的生活很不好,一点儿都不好,因为我自己经历过这样的生活。我不该早早地许下几静誓言,结果呢,从那儿之后过了很久,我都觉得非常孤独。我只是不想让你忍受同样的经历,尤其是在你这个年龄。"她说。她深深地叹了口气,挥了挥手,想要把过去忘掉。"在与你同行了这一段路之后,我不得不承认,我想让你教教我怎么才能交到朋友。"

自行车的泪水夺眶而出,她垂下头低声说:"我什么东西也教不了别人。我没交到心里想交的那个朋友!你看见当我问兹比格是否愿意跟我做朋友时,他脸上惊恐的表情了吗?为什么我居然以为自己很会交朋友呢?我很失败。"

"哦,亲爱的,"杰里迈亚说,"你说得一点儿都不对。"

格里芬说:"别哭了,自行车。你要来一个火腿奶酪馅儿饼吗?那样会好受点儿吗?"

自行车依然垂着头。一滴眼泪顺着她的鼻子滴下来,落在草地上。

财富号开始嗡嗡作响,以吸引自行车的注意:我的计算表明,那个长了两绺胡子的人对你没有任何帮助,没有他,你百分之百会更好。我是一个比他更好的伙伴。我甚至还配备了帐篷,大多数人都没有。

旺达修女狠狠地瞪了财富号一眼,但她对它的见解颇为赞成:"这位高级自行车先生说得确实很有道理。忘了那个长着两绺小胡子的自行车手吧。有些人啊,出了名就目中无人了,像你这样好的姑娘居然都视而不见,你是一个多么棒的朋友啊。"她一只手臂搂住自行车的肩膀,另一只手臂伸开。"亲爱的姑娘,抬起

头看看，没交到朋友的人会是这个样子吗？"旺达修女看着所有人说。

自行车抬起头，她看到退休的几静修女、法国厨师、油炸馅儿饼店老板、躲在她第一辆车里的幽灵，还有一台完美的长途旅行机器。她抽泣着用手背擦了擦脸。"那么，"她问这群人，"你们都把我当成了朋友吗？"

"是啊！"格里芬说。哐当掉了一颗螺丝在地上。

"当然。"杰里迈亚说。

"没错。"玛丽厨师说。

我已经彻底解释了海森堡不确定性原理。财富号的屏幕开始闪烁。我们将永远是朋友。

"也算上我。"阿尔瓦拉多博士补充道。他走了过来，嘴唇上沾着一点儿芥末，莫奈·格鲁宾克兄妹三人就站在他身后。

"那你不会把我关到友谊工厂了吧？"自行车问旺达修女。

"在还没到卡拉米蒂的那座山上，你自己说过，你不需要友谊工厂来帮助你、改变你。"旺达修女说，"你以为我没在听，但我听见了。我只是需要一些时间来领会你的意思，而且经过一番认真思考，我想没有人能保证自己一定能交到朋友。我发现，在交友的过程中运气起到了很大的作用。总之，友谊工厂把钱退给了我。我们可以用这笔钱买返程机票。还有，我们今晚可以住一家不错的酒店，享用一顿丰盛的大餐！"

听到"大餐"这个词，财富号弹出来一颗用餐巾纸包裹好的营养丸。阿尔瓦拉多博士小心地把它捡起来扔掉。

自行车给了旺达修女一个大大的拥抱，高兴地说："我们可以请大家吃一顿大餐！莫奈·格鲁宾克小姐，你们也一起。"说完她又转向玛丽厨师："最近的慢生活餐厅在哪里？能给我们留张桌子吗？"

"我来带路。"玛丽厨师笑着说。

在当地的慢生活餐厅能看到海湾宜人的景色。餐厅门口长长的自行车架几乎停满了，自行车把财富号推进了最后一个空位。玛丽厨师请大家给她留个座位，然后走进厨房，执意要亲自给这几位尊贵的客人准备晚餐。他们在温暖、飘散着食物香气的餐厅里排队等了几分钟，一名服务员走过来告诉他们，如果不介意与另一位顾客拼桌的话，他马上就能安排他们坐下。

"我们一点儿也不介意。"旺达修女说。服务员把他们带到后面，那里有张桌子还有八个空位，有个看起来闷闷不乐的年轻人蜷缩着身子坐在桌旁，面前放了一大碗辣椒烧肉，显然是在"借辣椒消愁"。杰里迈亚把哐当的脚撑放下来，大家也都坐了下来。自行车这才认出，那把辣椒勺后面是兹比格涅夫·西恩凯维茨的金色胡须。

"是你!"她惊呼。

"是你!"兹比格似乎同样很惊讶。不过,即使很惊讶,他还是表现出了绅士风度。他站起来,并拢脚跟,向大家鞠躬:"先生们,女士们,很高兴你们跟我共用一张餐桌。我是兹比格涅夫·西恩凯维茨。"

"嗨!"格里芬说。

兹比格又鞠了个躬。"也欢迎你,会说话的自行车。"

旺达修女也不由自主地被他的风度所折服。在此之前,她已经认定了兹比格是一个没有修养、目中无人的自行车手,可现在他却像一个小学生那样,彬彬有礼地向大家鞠躬。"这人被施了咒语,我敢肯定。"她警惕地说。"我是旺达修女,这是自行车,你认得她。"她对兹比格介绍道。

兹比格冲自行车点了点头,又坐回座位。"自行车,"他重复道,"你真叫这个名字?"

她点点头。

他说:"我觉得这个名字非常好,也许是我听过的最好听的名字。"他的英语口音很重,就像喉咙里卡了花生酱。

自行车忍不住笑了,接着她又皱起了眉头。兹比格曾当场拒绝了她,不愿意跟她做朋友,这让她很受伤,很难堪。她不明白,他现在怎么又这么和善。

旺达修女看出来她很不自在,便插话道:"我说,小胡子先生,在自行车祝福会上,你对她相当无礼,现在却假装什么都没发生,你以为这样我们就能好好相处了吗?你得说清楚当时你为什么那么做。"

兹比格又吃了一口辣椒,想了一会儿。他咀嚼着,吞咽着,然后摇了摇头:"我很抱歉。我不知道我很无礼。我只记得她当时问我想不想把斑马塞进我的鼻子里,然后……"

自行车打断了他:"我从来没有!"

旺达修女打断了自行车:"你没有什么?"

自行车辩解道:"我只是问兹比格先生,我们有没有机会做朋友。我是用波兰语问的。从到达内华达州开始,我就照着波兰语词典学说这句话。"

旺达修女扬起眉毛。"说来听听。"她提议。

自行车清楚明白地重复了一遍她当时说的话。

旺达修女用手捂住嘴,强忍住笑。因为几乎无所不知的旺达修女也会说波兰语。

"怎么了?"自行车愤愤不平地问道。

旺达修女问:"这……是你在祝福会上问兹比格先生的话?"

自行车点点头。

"哦,天哪!哦,天哪!"旺达修女努力保持严肃,"你的词典

267

在这儿吗？我现在就要看看。"

旺达修女翻着词典，难以置信地摇了摇头。她用指甲在一个词上划了一下，一小块干枯的碎纸片剥落下来，露出了下面的部分，这个词在波兰语中才是"朋友"的意思。"这本词典是在浴缸里泡过吗？这些单词怎么都粘在一起了？我很惊讶，你居然是问兹比格先生愿不愿意把一只硕大的动物塞到鼻子里，你怎么没说出什么更离谱儿的话？"

自行车拿着词典，刮下来更多的碎纸屑。"在科罗拉多州的时候，我所有的行李都被大雨给浇了个透。所以，这个词的意思是'苹果'，而不是'发刷'？这个词是指'鸡'，而不是'小猫'？"她指着两个词哭笑不得地说。

旺达修女说："兹比格先生，看来你们之间有个很大的误会。"

兹比格看着自行车："所以你是想问我们能不能成为朋友，嗯？跟斑马、鼻子什么的没关系？"

自行车恨不得钻到座位底下，不想让偶像看到自己的窘样。她把词典丢到腿上。谢天谢地，此时玛丽厨师刚好端来了几碗辣椒烧肉和几盘酸面包，她的眼睛总算有地方看了。她真希望自己从来没和兹比格说过话。她想：波兰语也许是那种少说话更稳妥的语言，除非你是个波兰人。"是的，先生。"她勉强咕哝道，"没斑马和鼻子什么事。"

兹比格拍着大腿哈哈大笑。他这么一笑,旺达修女再也忍不住了,也跟着笑了起来。杰里迈亚、格里芬和阿尔瓦拉多博士也加入进来,就连莫奈·格鲁宾克兄妹仨也笑了。自行车恨不得赶紧消失,但笑声是会传染的。她想象如果有人莫名其妙地让她把斑马塞进鼻子里,她会怎么想,然后她也哈哈大笑起来。

旺达修女憋住笑问道:"我简直不敢问,你还学了哪些波兰语单词?"

"哈,"自行车傻笑着说,"就是最普通的词啊,比如'是''不是''也许''帮助''现在''以后''睡觉'和'三明治'这些。我还学会了'嗨,你好吗'……"她说着用波兰语造了个复杂的句子,意思是"鸡蛋图书馆里没有泡菜"。

兹比格和旺达修女又大笑了一阵。

旺达修女笑着说:"那本词典太危险了,它绝对会把人弄糊涂。除非你真的想和兹比格先生谈论泡菜和鸡蛋图书馆。"

兹比格用餐巾纸擦了擦眼睛。"哈,所以我喜欢美国人——你们总是会让我发笑。"他示意服务员给他们添一些酸面包和巧克力布丁。"我现在心情好多了。刚刚我坐在这儿,想到马上要跟一个穿公鸡服的男人一起骑行八周,心情沮丧极了。"他说。

"你真的要和那个穿公鸡服的男人一起骑行?"杰里迈亚问。

兹比格无可奈何地耸了耸肩:"我打电话问了我的经理人,那

个被抽中的穿公鸡服的男人似乎非常兴奋,至少我们是这么认为的——到目前为止,他没说过一句别人听得懂的话,除了'喔喔喔'!不过,既然我说了会和抽中的人一起骑车穿越美国,我就会那么做。我一定会遵守诺言。"他愁眉苦脸地伸手拿起一片酸面包。"我想我们当初应该在合同里加一项条款,禁止任何穿得像农场动物的人参赛。"他嚼着面包,沉思了一会儿,然后问道:"你们知道最可悲的是什么吗?"

"什么?"格里芬问。

"我组织这次活动的目的是了解美国,了解美国的自行车运动。我想在美国开办一所赛车学校,但我想先和一个土生土长的美国人一起游历你们的国家,这个人知道美国有哪些地方不仅风景如画,还适合骑行,然后我再做决定。现在我得和一个打扮成公鸡的男人在这个陌生的国度一起待上八个星期。我都不知道他是要跟我说人话,还是一直像公鸡那样喔喔叫。"他摸了摸胡子,神情有些沮丧,"太倒霉了!"

太走运了!自行车心想。"我刚刚骑车穿越了整个美国!"她喊道,"我可以告诉你,哪里适合开办赛车学校。科罗拉多州有美洲大陆分水岭,堪萨斯州有一望无垠的向日葵田。"

兹比格说:"哦,向日葵,这听起来很不错。要不你给我画一张地图,等和那个男人骑到那儿时,我可以去看看向日葵田。"他说这话时好像身上哪里很疼的样子。他又咬了一口酸面包,接着说:"也许这不全是坏事,只能说大概是件坏事。"

自行车立刻从背包里找出她的地图。她拿出铅笔,在地图上圈出风景优美的地方。格里芬提醒她要在绿沼上画个大大的"X"作为标记。玛丽厨师让服务员拿来一张超大的明信片,上面标注了所有慢生活餐厅的位置。旺达修女向兹比格保证:"这次旅行绝不会让你后悔的。我们国家真的很美。每到一个新的州,你都会有全新的体验,繁华的都市、恬静的乡镇、奔腾的河流、巍峨的山脉。"

"一望无垠的田野。"莫奈小姐说。她不小心把热可可洒到了腿上。

"广阔浩瀚的沙漠。"阿尔瓦拉多博士说。

"生机勃勃的农场。"玛丽厨师说。

"友善好客的人。"自行车说。

"还有美味可口的油炸馅儿饼。"杰里迈亚说。

大家聊起了美丽的风光和旅途中的冒险。夜幕悄然降临,现在他们打的哈欠比说的话还多。阿尔瓦拉多博士和莫奈·格鲁宾克兄妹仨起程去机场,他们要赶飞往莫拉尼亚的红眼航班。玛丽厨师跟其他人道别,嘱咐他们要保持联系,早点儿计划好下一次聚餐。兹比格的经理人进来领他去酒店,他提醒这位著名的赛

车手明天早上七点必须赶到金门大桥,他历史性的骑行将从那里开始。

兹比格把地图和超大的明信片折好,塞进口袋,然后并拢脚跟,又向每个人鞠躬。"很高兴见到你们。你们给我的旅程带来了希望。晚安。"他挥手道别,把最后一块布丁留给了大家。

兹比格走后,自行车看向桌旁的旺达修女、杰里迈亚和哐当(还有格里芬)。她正在酝酿一个想法,这个想法具备雏形后,就像长了轮子一样,在她的脑子里快速地转动。

第二天一大早,自行车自己先来到金门大桥。旺达修女还在悠闲地欣赏风景。自行车在桥上等她的时候,穿公鸡服的男人蹬着车子过来了。他摘下公鸡面具,戴上根据空气动力学原理设计的头盔,头盔卡在他的脸上,顶上有一个亮黄色的喙和红色的鸡冠。他在自行车旁边停了下来,自顾自地喔喔叫着,兴奋地蹦蹦跳跳。自行车尽量避免跟他发生目光接触,但她忍不住盯着他看。他那辆价格不菲、身形苗条的赛车上甚至也粘了公鸡羽毛。她又凑近仔细看了一下那辆车。奇怪,这车看着很熟悉。然后她注意到,粘在车上的羽毛实际上是用小海绵制作的,她认出了这个人。

"斯皮姆先生!"她叫道。

原来,这个裹在绷得紧紧的公鸡服里的人就是炫彩海绵公司的总裁、胖乎乎的斯皮姆先生。

"你怎么会在这儿?还有,你究竟为什么要打扮成一只公鸡?"自行车问。

斯皮姆先生说:"嘘,替我保密,勇敢的小伙伴!我要创造新的世界纪录!"他往四周扫了一圈,还好周围没人。"听我说,今年春天在那条小路上遇到你的时候,你带给我很大的鼓舞。我想象着你骑车去加利福尼亚州的景象,心中的冒险精神再次被唤醒了。我对自己说,'斯皮姆,瞧瞧你这一辈子都在忙些什么?难道你只会卖海绵吗'。年轻时我有充足的资金,确实也创造了一些探险纪录,可迄今为止,从来没有人打扮得像公鸡一样骑车穿越全美啊!"他看着很得意,抖了抖羽毛,"我从养殖业委员会那儿拉到了赞助。"

自行车认真想了想,问:"所以你是要穿得像公鸡一样骑行穿越美国,这样就创造了一个新的世界纪录?"

斯皮姆先生用翅膀尖敲了敲他的喙:"说得对,非常对。但是,请先不要告诉任何人——要是现在传了出去,其他人就会跟我做一样的事,穿得像公鸡一样游过英吉利海峡,穿得像公鸡一样爬上珠穆朗玛峰,等等。那我就拉不到赞助啦。"他又喔喔叫了起来。

自行车一时接不上话。庆幸的是,正在她搜肠刮肚地想着说什么好的时候,旺达修女出现了,后面跟着杰里迈亚的货车,最后是兹比格。

"早上好！"兹比格咧嘴笑着向他们打招呼，"很高兴再一次见到你们。你们今天也要出发，开始下一次冒险之旅吗？"

"当然啦，如果你愿意的话。"自行车说。

"愿意什么？"兹比格歪着头，不明白她的意思。

"我昨晚问过旺达修女，我们是不是得马上赶回几静修道院。因为修道院的事务暂时由奥托修士负责，所以我们可以等到九月份再回华盛顿特区。"自行车解释道。

旺达修女插话说："沉默节要到夏末才开始，所以我们可以不急不慢地骑车回去。"

杰里迈亚说："自行车昨晚也跟我和格里芬谈了她的想法，我们觉得呢，不管怎样，只要能回到绿沼就行。我跟你说吧，这辆老式货车比自行车快不了多少。"

哐当的车把从副驾驶座的窗户伸了出来，格里芬补充说："这辆老式货车甚至还没有自行车快。"

"所以，"自行车说，"就像我刚才说的，如果你愿意让我们……"

"哈！"兹比格的脸色就像灯塔一样，突然亮了起来，他明白了他们的意思，"你是说……你们……要跟我一起？带我去看好风景？肩并肩往前骑？如果你们能和我一起，我不仅会很高兴，也会不胜荣幸。"他看着那个穿公鸡服的男人。"不对，和我们一起。你们不知道，你们的陪伴对我来说有多重要。我们可以上路了吗?"

杰里迈亚小心地把货车开到车道上,而四个骑自行车的人则一起踩着脚踏板,穿过高耸的红色大桥。尽管斯皮姆先生穿得像只公鸡一样,但他骑得相当不错。自行车替他感到高兴。显然,从上次在东海岸碰到他之后,他一直在坚持训练。她觉得他最后也许真能穿着公鸡服穿越美国。

兹比格扭头跟自行车说:"你知道,我一直没回答你那个问题。你不是问我们有没有机会做朋友吗?我先跟你说说我的情况,也许你可以自己有个判断。当然喽,我喜欢骑车,我喜欢和相对来说话不多的人在一起,他们善于倾听。我几乎什么东西都爱吃。另外,我要告诉你,我这辈子结识的每一个朋友都是通过骑车认识的。也许你会觉得奇怪,但说实话,我不知道怎么通过其他方式交朋友。"

财富号的屏幕突然闪了闪:旺达修女说过,在交友的过程中运气的作用很大,她说的是对的,概率为 99.973%。

旺达修女骑到他们身后,往前凑了凑,戳了戳兹比格的腰:"你应该做的第一件事就是教这个女孩说正确的波兰语。也许你可以先教教她怎么跟人打招呼,可别再让她说些什么斑马和鼻子了。"

兹比格一本正经地点了点头。他扭头跟自行车大声说:"想知

道怎么用波兰语说'让我们把斑马塞进公鸡的鼻子里'吗?"

  自行车笑了。旺达修女叹了口气。斯皮姆先生喔喔地叫着。财富号闪了闪屏幕。格里芬开始唱歌。一行人向东出发!